# 诗游太湖

臧其林 施伟萍 李慧 著

苏州大学出版社
Soochow University Press

# 《诗游太湖》

Shi You Taihu

经 典 景 点

绘制者：张玖月

# 壹

## 笠泽鲈肥

# 吴江

## 思吴江歌

◎晋·张翰

秋风起兮木叶飞，
吴江水兮鲈正肥。
三千里兮家未归，
恨难禁兮仰天悲。

旅游路线

数字艺术馆→苏州湾文化区（含大剧院、博物馆、文化广场）→东太湖滨水慢行步道→帆船基地→露营岛→水上森林

为苏州市吴江区；2019年，吴江区与上海的青浦区、浙江的嘉善县一起被国务院批准成立长三角生态绿色一体化发展示范区。

吴江位于太湖之滨、运河之畔，是典型的江南水乡。区域内河湖水系发达，河道纵横交错，湖泊星罗棋布，被誉为“千河百湖之城”，全区拥有2600多条河道、省保湖泊330个，水域面积达314.44平方千米，拥有京杭大运河、太浦河、吴淞江等重要河流，由此也形成了以水为魂的文化旅游景观，如东太湖生态旅游度假区等。今天，行走在百里太湖岸线上，仿佛能够看到曾经的白帆点点大大小小船只，来回一趟便是鱼虾万金；流淌千年的大运河穿城向南而去，站在运河古老的纤道上，仿佛还能听到回荡在历史时空里纤夫们的号子声。

▲ 三里桥生态园（京杭大运河新老航道）（朱剑刚　拍摄）

吴江承诗书雅韵，墨香历久弥新传千载。唐代陆龟蒙曾隐于震泽，著《笠泽丛书》，笔下田舍渔舟皆成文章；柳亚子以诗为剑，南社雅集聚革命豪情，《重题〈秣陵悲秋图〉》字字泣家国；费孝通26次访开弦弓村，写就《江村经济》，让世界读懂中国乡村。吴江的文脉，藏在湖畔书院的砚台里，飘在古镇茶馆的说书声中。

吴江织丝绸记忆，镌刻绸缎文明篇章。明清鼎盛时，盛泽“水乡成一市，罗绮走中原”，织机声昼夜不息；在今天的丝绸文化馆内，可以看到宋代提花罗残片的光泽，触摸到工匠用百年漳缎技艺织出的立体龙纹，丝绸是吴江人写给大地的情书。

▲ 大运河吴江段和九里石塘（朱剑刚　拍摄）

吴江蕴园林精华，退思园中诗意盎然。任兰生罢官归乡，请画家袁龙设计“横向布局”园林——退思园。“闹红一舸”石船永泊旱地，隐喻宦海浮沉；“天桥”凌空跨两院，三步间阅尽春去秋来。2000 年，退思园与其他 8 座苏州古典园林共列世界文化遗产，成为首个入选的江南古镇园林。这九亩七分天地，藏着一个微观的江南。

吴江汇古镇风华，留存鲜活水乡印记。同里的 15 条河流将古镇分割成 7 个岛，49 座桥将其串联。夜游退思园时，百年玉兰树下飘来昆曲《游园惊梦》。黎里的 3000 多米廊棚遮风雨，85 条弄堂藏乾坤，柳亚子故居青砖墙上，仍可见“迷楼”诗会墨迹。震泽的慈云寺塔影落頔塘河，师俭堂的六进雕花厅，讲述着往昔。三大古镇如三卷古籍，等你用脚步注解。

近年来，吴江人在发展民营工业经济的同时，没有忘记做好新文旅这篇大文章，形成了一系列的文旅新地标。

苏州湾文化区犹如一首凝固的江河史诗。有大剧院、影院、博物馆、会展中心、规划馆等场馆和功能融为一体的城市文化综合体。大剧院银白色的屋顶似太湖浪涌，又似一匹凌空舒展的宋锦，夜晚灯光亮起时，折射出粼粼波光；博物馆内，良渚玉琮讲述 5000 多年前先民祭祀密码，战国编钟出土自严山春秋窖藏，轻轻敲击仍能唤醒《诗经》“钟鼓乐之”的雅韵；文化广场中央，8 米高的“丝绸之眼”雕塑，用 304 根不锈钢丝编织出吴绫越罗的流动之美。这里是用建筑书写的水乡文明长卷。

吴淞江古称吴江，水源自太湖，由西向东，穿过江南运河，汇入黄浦江，与东江、娄江共称“太湖三江”。这首诗的题目“吴江”，不是指苏州的行政区吴江，而是指吴淞江。这首诗描写了太湖边的美丽景色。太湖烟波浩渺，水天相接，使人心中不由得升起一股豪放的情怀。诗人王安石因而借太湖的广阔来表达自己的宽广胸襟。

▲ 东太湖阅湖台（朱剑刚　拍摄）

王安石（1021—1086），字介甫，号半山，抚州临川（今属江西）人，北宋思想家、政治家、文学家。仁宗庆历二年（1042）进士，历任签书淮南判官、鄞县知县、舒州通判等职，政绩突出。熙宁二年（1069）任参知政事，次年拜相，主持变法。因守旧派反对，熙宁七年罢相，次年再相，九年再罢，退居江宁（今江苏南京）。元丰三年（1080），封荆国公。元祐元年（1086），病逝于钟山。赠太傅，卒谥文。

王安石变法失败罢相后，几次经过吴江，这首诗的首联“莽莽昔登临，秋风一散襟”中的“昔”字，点明诗人不是第一次经过吴江，时间是秋天，吴淞江水域苍苍茫茫，秋风吹散了衣襟，令人感觉特别舒畅。颔联

▲ 太湖秋色



“地留孤屿小，天入五湖深”写景开阔，概括了这里水多地少的地貌特征。“太湖三万六千顷”，水面非常辽阔，天空的尽头也是太湖水的尽头，显得特别深远。这里的“五湖”指太湖，唐代许多诗人在诗词中用到“五湖”二字。温庭筠的七言律诗《利州南渡》提到“五湖”：“谁解乘舟寻范蠡，五湖烟水独忘机”，意思为谁能理解我要乘船寻找范蠡的心理，我是想如同范蠡那样，到太湖烟水弥漫的地方，远离红尘，过着超凡脱俗的日子。王安石在这里用自然景观来表达自己对天地广阔、人生短暂的感慨。

颈联通过“柑橘无千里”与“鱼虾有万金”的描写，突出了太湖物产的丰富。太湖中的两大岛屿东山、西山以种植柑橘而闻名，太湖水域中的鱼虾价值万金，即有丰富的水产，诗人借此表达对此地物产丰饶的赞叹。尾联“吾虽轻范蠡，终欲此幽寻”，诗人联想到春秋时在这里功成身退、归隐江湖的范蠡。诗人虽然自谦比不上范蠡，但是想到自己变法时的困难重重，事事不如意，希望最终也将同范蠡一样在此隐居。这首诗由眼前的太湖和吴淞江的水面的阔远，联想到这里的丰饶物产和自己的未来，最终流露出自己将和范蠡一样归隐江湖的心声。

▲ 瓜泾口（朱剑刚　拍摄）

吴淞江流经的地方叫松陵，地处太湖与吴淞江衔接处，古代是一片泽国，只有集镇驻地高出周围地面，宛如丘陵，所以叫松陵。自吴江建县以后，松陵一直是县治（元代为州治）所在地。松陵之名，最早见于后汉赵晔所纂的《吴越春秋》，其中有“吴王大惧，夜遁。越王追奔攻吴，兵入于江阳松陵”之句。苏州人叶梦得，在《应天长・自颍上县欲还吴作》的上阕中，对北宋时的松陵进行了绘画似的描写：“松陵秋已老，正柳岸田家，酒醅初熟。鲈脍莼羹，万里水天相续。扁舟凌浩渺，寄一叶、暮涛吞沃。青箬笠，西塞山前，自翻新曲。”而使松陵名闻遐迩的，当是南宋著名诗人姜夔《过垂虹》中的诗句：“曲终过尽松陵路，回首烟波十四桥。”

▲ 大运河畔吴江城（朱剑刚　拍摄）

松陵是南下的大运河在吴江经过的重要城镇。宋人马彝有诗《次吴江驿》："兰舟东下泊吴江，暂寄邮亭看渺茫。"元人郑元祐《赠朱君复秀士》中有"松陵驿里雨骚骚，剪拂谁甄汗马劳"的诗句，可知此地还设有驿站。

松陵历来为吴江的政治和文化中心，有许多名胜古迹，其中最知名的当数东门外的垂虹桥。垂虹桥始建于北宋庆历八年（1048），起初为木质结构的孔桥，后历经千年岁月沧桑，屡遭毁坏又屡次重修，明清时已是多达 72 孔的石桥了。垂虹桥气势雄伟，构筑精巧，以"江南第一长桥"闻名遐迩，历代文人多有赞颂，如宋代书法家、诗人米芾就有"垂虹秋色满东南"的经典诗句。垂虹桥南截太湖，北跨吴淞江，自古是太湖通泄洪水的主要水口，不仅是一座沟通两岸的长桥，也是一项古老的水利工程，在中国桥梁史上享有极高的地位。垂虹桥周围还有鲈乡亭、华严塔、三忠祠、三高祠、钓雪滩、盘野、小潇湘、计成纪念馆等景观。现在，在垂虹桥东侧不远处尚存有孔庙，这是除苏州古城区内的孔庙外，苏州地区仅遗存的另一处孔庙。

▲ 垂虹遗迹

圆通寺史称圆通庵，也是松陵的著名胜迹。圆通寺始建于唐朝末年，全盛于明、清时期，其间历经兴衰。新中国成立时仍有寺庵痕迹，后废，留有“十样景”银杏树。历史上的圆通庵规模不大，2001 年恢复重建时更名为圆通寺。经过近十年的不断扩建，已初具规模。截至 2013 年，圆通寺占地 42866.24 平方米，建筑面积 13410 平方米，建有牌楼、天王殿、大雄宝殿、观音阁、藏经楼、西花园等。寺院内古木参天，其中两棵树龄近千年仍苍劲挺拔、枝繁叶茂的银杏树是吴江景观中独有的“十样景”树，见证了圆通寺历经兴衰、延续千年的历史。寺院西侧建有苏州园林式景观公园西花园，园内小桥流水，水榭楼阁，绿树成荫，鸟语花香。西花园主要景点有水上露天金玉观音像、莲花池、待月楼、旱船、九曲石桥等，景致幽雅。特别是旱船，与拙政园的香洲有异曲同工之妙。整个花园尽显江南园林特色。

苏州青少年科技馆是松陵的一家 AAA 级旅游景区，展厅面积 5300 平方米，以“智慧、科技和未来”为展示主题，设有“智慧绽放”“科技华光”“未来展望”3 个主题展区，集科学性、知识性、趣味性、体验性于一体，是亲子旅游、研学旅游的好去处。

松陵历史上也是名人辈出，有经史、天文、地理、占卜、训诂、书画等无所不精的顾野王；有吴洪、吴山父子，都官至尚书，是明代官员中明正公允、廉靖宽厚的典范；有沈啓，明嘉靖年间著名水利学家，著有《吴江水考》；有沈璟，明万历年间著名戏曲家，其开创的“吴江派”与汤显祖“临川派”齐名。当代最著名的当数费孝通，他是著名社会学家，一生以富民为目的，硕果累累，蜚声海内外，2007年魂归故里，安葬于松陵公园内。

千年以来，源远流长的历史在苏州吴江松陵留下了许多胜景，随着岁月的变迁更迭，有的早已湮没在历史长河中，有的则随着时代发展焕发了新的生机……

# 同里

## 同里怀元用

◎元·倪瓒

一水东西云窈窕，几家杨柳木芙蓉。
斋居出入无人到，屐齿经行破藓封。
密竹窗虚秋半雨，枫林寺远日沉钟。
寄诗为道长相忆，想亦依依念去踪。

**旅游路线**

退思园→珍珠塔景区→崇本堂→嘉荫堂→三桥（太平桥→吉利桥→长庆桥）→南园茶社→罗星洲

吴江同里是江南六大古镇之一，位于太湖之滨的古运河旁，距苏州主城区 18 千米，距上海 80 千米，面积 33 公顷。同里原名富土，唐初改名为同里，宋代始建镇，至今已有 1000 多年的历史，是典型的江南水乡古镇。古镇风景优美，镇外四面环水。民丰物阜、人文荟萃的同里一直是商贩骈集、百工兴盛，历代文人不吝笔墨，由衷颂叹，其中元代著名画家倪瓒就有两首盛赞同里的诗词，一首为《同里》，一首为《同里怀元用》。

▲ 清晨的同里古镇（朱剑刚　拍摄）

倪瓒（1301 或 1306—1374），初名珽，字元镇，号云林子、荆蛮民、幻霞子等，江苏无锡人。元代画家、诗人。倪瓒家境较为富裕，博学好古，常有四方名士至其门庭拜访相交。与黄公望、王蒙、吴镇合称“元四家”。倪瓒作品较丰，存世作品有《渔庄秋霁图》《六君子图》《容膝斋图》等，著有《清閟阁集》。元顺帝至正初年，倪瓒为避兵灾，来到同里。嘉庆《同里志》记载：“倪瓒，字元镇，无锡人，诗画清绝，为世所珍。至正间，避兵吴江，寓同里镇及华严寺，士大夫争延致之，见俗子辄避去。”

诗的首联“一水东西云窈窕，几家杨柳木芙蓉”，写出同里绿水环绕、白云悠悠、云雾缭绕、若隐若现的美景，给人一种朦胧而又神秘的感觉。除了小桥和流水，最富有水乡特色的还有屋宇人家。这里家家枕水，户户面水，差不多每家每户都有一个条石砌的水码头，有的就砌在廊檐下，沿河杨柳依依，芙蓉花开，美不胜收。颔联“斋居出入无人到，屐齿经行破藓封”，闲居在同里这个地方，非常僻静，无人打扰，穿着木屐走过苔藓覆盖的小径。“屐齿”是屐底的齿，即足迹；“破藓封”意味着长时间没有人走动之后，有人到来打破了这里的宁静，出入无人处，踏破了新鲜的苔藓。颈联“密竹窗虚秋半雨，枫林寺远日沉钟”，窗外有密密的竹林，加上秋雨更显幽静，一片枫林已经染上红色，寺中的钟声悠扬，营造了静谧的意境。尾联“寄诗为道长相忆，想亦依依念去踪”，写出对故友的思念之情，以诗表达长相忆的感情，不愿与朋友分别，但是现在只能两地思念。据说倪瓒后来散去家财，轻舟一叶，再赴同里，重游故地，但见芳草依旧，人去楼空，自此漂泊无定，浪迹于太湖一带，曾于松陵、同里几度逗留。

同里作为“醇正水乡，旧时江南”，为5个湖泊环抱，网状河流将镇区分割成7个岛，由49座桥连接。古镇中，宋、元、明、清各代的桥梁保存完好，形态各异，民居古建精致典雅，河道曲水潺潺，呈现出典型的江南小桥流水人家风貌，其中最著名的是“一园两堂三桥”。

“一园”即退思园。退思园建成于清光绪十三年（1887），由著名画师袁龙设计，很好地保留了苏州古典园林一贯的退隐之风、朴素格调与步步诗文的特点，被当代著名的古建园林艺术家陈从周概括为“江南华厦，水乡名园”。园主任兰生，曾任安徽凤颍六泗兵备道，被参革职还乡后，花了十万两白银建造了这座私家园林，园名来自《左传》中的“进思尽忠，退思补过”句，有退则思过之意。退思园占地面积9.8亩，园虽不大，却集苏州诸园林精华于一身，可谓小巧玲珑。它的总体结构因地形所限而突破常规，在建筑布局上，把一般的南北纵向结构改成东西向的横向结构，形成了自身独特的风格。整个园林可分成四个部分，由西向东分别是厅堂、内宅、中庭、花园。

▲ 退思园

厅堂有三进。第一进为轿厅，是江南人家停轿子的地方，左右两侧厢房是账房先生算账的地方。第二进为茶厅，是当时主人招待一般客人的地方，家具摆设较为简单。第三进为正厅，是主人招待贵宾和办理婚丧喜事、祭祀大礼的场所。正厅的北面是一垛墙，由于墙的阻挡，游人自然往东行走，这也正是退思园的巧妙之处。它从纵向改为横向，由西向东，园中其余部分全部藏在东面。这是园林建筑艺术上的抑景手法，“欲扬先抑，先藏后露”，达到了引人入胜的效果。

内宅建有南北两幢各五楼五底的畹香楼，楼与楼之间由东西双重廊与之贯通，俗称“走马楼”。从建筑类型来看，畹香楼为徽派风格，这与园主任兰生在安徽做官，喜欢徽派建筑不无关系。东西两侧的双重走廊有两大好处，夏天遮阳，雨天挡雨。楼廊下各设一部楼梯，方便主仆上下楼。

中庭的建筑主要有旱船、坐春望月楼、岁寒居，皆围绕“待客”二字展开。旧时在江南，船是主要交通工具，旱船可表达主人的一片好客之情。旱船的两侧种植广玉兰和白玉兰，广玉兰南侧就是六楼六底的坐春望月楼，一般用来作为客人留宿之处。岁寒居是主人冬天会客之所，装饰陈列多为松竹梅“岁寒三友”，主人与宾客在岁寒居中围炉煮茶，品茗谈心，融融情谊溢于言表。

花园是退思园的精华所在，其中建筑围绕水池展开，且紧贴水面，所以退思园又称“贴水园”。退思草堂为全园主景，它体态轻盈、气度稳重，站在堂前平台上环顾四周，琴房、三曲桥、眼云亭、菰雨生凉轩、天桥、辛台、九曲回廊、闹红一舸舫、水香榭、揽胜阁及假山等，错落有致，布局紧凑，浓淡相宜，犹如一幅水墨画卷。退思园峰石、花木围成一个旷远舒展、彼此对应的开阔景区，每一建筑既可独立成景，又能互为对景，彼此呼应。其中坐春望月楼、菰雨生凉轩、桂花厅、岁寒居，点出春、夏、秋、冬四季景致，琴房、眼云亭、辛台、揽胜阁塑造出了琴、棋、书、画四艺景观。九曲回廊漏窗上的“清风明月不须一钱买”诗句，更有“文珍”之说，体现了文人的豪情。

▼ 退思园一景（朱剑刚　拍摄）

▲ 闹红一舸

▲ 曲廊

▲ 崇本堂（朱剑刚　拍摄）

退思园充分体现了设计的空间艺术，在有限的空间内，独辟蹊径，以写意山水的高超艺术手法，蕴含浓厚的文化内涵，成为小型园林的典范。

“两堂”即崇本堂和嘉荫堂。崇本堂是同里典型的商人私宅，由经营米行生意的商人钱幼琴在1912年建成，占地不足1亩，分五进共25间。整个建筑在纵深上一进高过一进，既便于采光，又有“连升三级”

求风水赐福的寓意。建筑内的装饰也与主人商人的身份十分贴合，如《西厢记》等戏文故事,“日进斗金”“招财进宝”“富贵平安”等题材广泛运用。崇本堂的门楼雕刻也颇有意味，分别刻有“崇德思本”“敬侯遗范”“商贤遗泽”，可以看出主人为人处世、立业治家的宗旨。

嘉荫堂是出自书香门第的柳炳南的私家住宅，建于 1922 年，占地 1.4 亩，共四进 32 间。整个建筑前临街后临河，正对崇本堂，车船方便，带有明显的水乡建筑的特点。因为是文人私宅，建筑的设计和装饰在细节处理上极具文化性，如正厅与后宅之间空地的留白，蕉竹小品的点缀，水秀阁的借景。嘉荫堂仿明纱帽厅的设计，梅兰荷菊的装饰图案显示了读书人的文化修养及“读书为上品”“学而优则仕”的理想和信念。



▼ 嘉荫堂

“三桥”即吉利桥、太平桥和长庆桥。同里人有“走三桥”的习俗，取其消灾解难、幸福吉祥之意。吉利桥由同里人范景烈于乾隆十一年（1746）重修，太平桥由其于乾隆十二年重修。前者属半月形拱桥，处太平桥与长庆桥之间；后者属梁式桥，小巧精致。长庆桥俗名谢家桥，又称广利桥，是明代同里人陈镛、谢忱改建的。如今“走三桥”已是游客游玩时不可缺少的项目，三桥成为同里人气最旺的桥。

▼ 太平桥、吉利桥（朱剑刚　拍摄）

▲ 长庆桥（朱剑刚　拍摄）

退思园、崇本堂、嘉荫堂所代表的仕、商、书三种文化在同里和平相处，兼容并包。桥作为路的延伸，也被赋予了文化和精神层面的内涵。同里深厚绵长的文化传统，滋养了醇厚的民风，也培养了辈出的人才。秀美的波光桥影，淳朴的水乡风情，让人倍感清新、温馨和难忘。

# 平望

## 过平望（其三）

◎宋·杨万里

小麦田田种，垂杨岸岸栽。
风从平望住，雨傍下塘来。
乱港交穿市，高桥过得桅。
谁言破书簏，担取太湖回。

**旅游路线**

安德桥→小九华寺→司前街→莺脰湖→安民桥→京杭大集→溪港古村

平望古镇是江苏省历史文化名镇，隶属于苏州吴江，连接长三角中的江苏苏锡常地区和浙江杭嘉湖地区。唐代属湖州乌程县，因天光水色一望皆平而得名。古运河穿过古镇，始建于唐代的安德石桥横跨运河之上。这首五言律诗是宋代诗人杨万里《过平望》中的第三首。诗人宦游途中经过平望，被平望的田园风光所触动，以平望为背景，作《过平望》组诗，既写出了江南风景如画的优美，又展现了平望小镇的集市繁华。此诗描写了诗人乘船经过平望安德桥时的情景，诗中“高桥过得桅”暗含对水利工程的赞叹，与杨万里曾任江东转运副使时关注民生的经历相呼应。

杨万里（1127—1206），字廷秀，号诚斋，吉州吉水（今属江西）人。绍兴二十四年（1154）进士，南宋著名诗人，与陆游、尤袤、范成大并称为“中兴四大诗人”。宋光宗曾为其亲书“诚斋”二字，学者称其为“诚斋先生”。杨万里一生作诗两万多首，传世作品有 4200 首，被誉为一代诗

▼ 平望古镇与太浦河、新运河和古运河（朱剑刚　拍摄）

宗。他的诗歌语言浅近明白，清新自然，富有幽默情趣，被世人称为“诚斋体”。其诗歌大多描写自然景物，也有不少作品反映民间疾苦、抒发爱国感情。著有《诚斋集》等。

这首诗的首联“小麦田田种，垂杨岸岸栽”，通过富有韵律的叠字“田田”“岸岸”，勾勒出一幅秀美的江南农耕图景。当时的平望遍地种满了小麦，绿油油的小麦一望无边，一条条小河的岸边成排栽植着垂柳，杨柳依依，风情无限。颔联“风从平望住，雨傍下塘来”，写诗人船过平望时正刮着风，下着蒙蒙细雨。平望的房屋沿岸塘而筑，分上下塘。和风细雨，使这个江南小镇更显得温暖平静。“风住平望”“雨来下塘”以拟人手法写出了天气的变化多端。颈联“乱港交穿市，高桥过得桅”生动描绘水网交织的平望市镇：杂乱河港穿行街市，高耸的桥梁容得船桅通过，生

▼ 平望古镇（朱剑刚　拍摄）

动呈现了南宋时的江南水乡风貌。这里的“高桥”就是著名的安德桥，是平望最高的桥。诗人乘船过安德桥洞而不用落下桅杆，可见其高，亲临其境，能不惊讶吗？安德桥始建于唐朝大历年间，至今仍巍然存在。桥顶栏石设计成座椅式，既可供行人歇息，又可远眺莺脰湖的粼粼碧波，是平望的一处胜景。诗的尾联“谁言破书簏，担取太湖回”中“破书簏”与“太湖回”两个意象，暗含诗人将自然气象收入胸怀的文人意趣，意思是谁说我带的这些竹箱是装书的，分明是担了太湖风光回来了。诗人突发奇想，将装书的竹箱与浩渺的太湖巧妙勾连，在细微处见宏大的意境。杨万里在另一首七言律诗《过平望》中有“望中不著一山遮，四顾平田接水涯”，一望无垠的田园一直延伸到水天相接的地方，描绘了平望开阔的田园风光，让人感受到一种心旷神怡的美。

平望，唐代设驿，元朝建镇，是历史人文气息浓厚的京杭古运河城镇，素有“小枫桥”的美誉。这里历来为苏、浙、沪、皖的水陆交通枢纽，新运河、古运河、太浦河、頔塘河在此交汇，湖荡星罗棋布。绝佳的自然资源让平望镇成为水运时代“大商巨舶，百货凑集”的繁华古镇。如今，以“苏州运河十景——平望·四河汇集”为主打造的吴江运河文化旅游景区，总面积 0.23 平方千米。景区内古迹众多，风景如画，安德桥、司前街、莺脰湖等散落运河沿线；更有“京杭大集”打造沉浸式文旅体验，生动再现运河一日生活情景。古运河焕发出新的生机和活力。

江南多水多桥，一座座小桥串起了水乡江南的小镇。桥也曾是平望的名片之一，千姿百态、数量众多的桥吸引着人们的目光，其中最著名的就是安德桥与安民桥。

安德桥，又名平望桥，南北走向的古京杭大运河与东西走向的頔塘河在平望东南处呈斜 T 字形交汇，安德桥便雄跨頔塘河两岸。该桥初建于唐朝大历年间，跨度大，桥孔高，气势雄伟。现桥为清同治十一年（1872）水利工程局重建，单孔石拱结构，长 54 米，宽 4.53 米，矢高 9.3 米，跨径 11.50 米，形制壮观，气势雄伟。

唐时安德桥南堍设有驿站，驿楼名霁月楼，桥南另有望仙亭、皇华堂等胜迹。“驿楼揽胜”曾为莺脰湖老八景之一。安德桥北堍设有巡检司，巡检司南大门前有石板小街，沿頔塘河北岸向西而筑，此街因之得名司前街。司前街东西长 108 米，南北宽 3 米，由石板铺成，距今已有 800 多年历史。民居临水构筑，都是清代至民国年间的建筑风格，有石库门、栅板门、矮挞门、雀宿檐门等式样。司前街曾是平望最为繁华的一条街。

安德桥的南边矗立着一座宏伟的庙宇——小九华寺，明万历四十四年（1616）建，占地面积 80 亩，建筑面积 10800 平方米，殿堂楼阁 300 余间，碑刻经幢、佛遗物宝繁多，是苏州地区的名寺之一。该寺更因近代佛教太虚大师 16 岁在寺中披剃并手植桂树，而后闭关普陀，游化中外而誉满江南。

▲ 安德桥和小九华寺（朱剑刚　拍摄）

莺脰湖，简称莺湖，相传是春秋时范蠡所游的五湖之一，以其形似莺的脰（脖子）而得名。湖上筑一小岛，名平波台。莺脰湖是杭嘉一带的名湖，它与嘉兴南湖、杭州西湖齐名，明清时期曾有“莺湖八景”：平波夜月、殊胜晓钟、远帆归浦、驿楼揽胜、烂溪野店、頔塘柳影、桑磬渔舍、元真仙迹，引来无数文人墨客驻足观赏，让陆龟蒙、赵时行、汤显祖等名士流连忘返。乾隆帝下江南过平望，留下了《莺脰湖词》:“极目烟波天四围，莺湖正值早莺飞。渔人贾客皆欢喜，帆饱还兼春水肥……”

▲ 莺脰湖和四河汇集（朱剑刚　拍摄）

安民桥，俗名北渡桥，又名北大桥，始建于明嘉靖三十四年（1555），现存之桥建于崇祯二年（1629），至今已近400年。这里曾经是车水马龙、舟来船往的驿站。登桥远眺，江南水乡的风韵尽收眼底。

▲ 安民桥（朱剑刚　拍摄）

平望镇西北7千米处的溪港古村，至今较好地保留着原有的风貌，存有刘猛将军庙、东林桥等苏州市文物保护单位，2008年1月由苏州市人民政府公布为历史文化名村，2023年被列入中国传统村落名录。

平望当地美食也独具特色。麦芽塌饼看上去卖相平平，但它的特色就在于制作的原料——鼠曲草和麦芽，这也是江南春天专属的味道。如今，经过适当的保存处理，各个季节都能吃到这一口美食。来到平望，不得不提的还有平望辣酱。平望辣酱制作技艺为苏州市级非物质文化遗产，苏州市平望调料酱品有限公司还是吴江唯一的中华老字号。此外，海棠糕、糯米蛋、平望米糕也都是平望的特色小吃。

平望，既是华东地区重要的水陆交通枢纽，也是“苏杭天堂走廊”上的一颗明珠。5000余年的历史积淀，自然资源与历史文化有机融合在一起，形成了独特的江南水乡神韵。

# 震泽

## 寓慈云寺旬日留别

◎清·金圣叹

震泽多精舍，慈云师子林。
家私惟古佛，眷属总玄心。
后汉人何在？微言乃至今。
相逢随欲别，舍此更何寻？

旅游路线

慈云寺塔→禹迹桥→宝塔街→师俭堂→文昌阁→王锡阐墓

震泽，太湖的古称，镇以湖名。被誉为吴江震泽胜景的慈云寺塔，坐落在震泽镇东，是一座历史悠久、建筑雄伟的古塔。《吴江县志》记载，慈云禅寺和塔初建于孙吴赤乌年间，宋咸淳年间重建，至今已有 700 多年历史。慈云禅寺旧名广济寺，明代天顺年间改名慈云寺，是全国重点文物保护单位，慈云寺塔是寺中唯一遗存的建筑。

▲ 慈云寺塔和禹迹桥（朱剑刚　拍摄）

金圣叹（1608—1661），字若采。一说原姓张，明亡后改名人瑞，字圣叹，明末清初吴县（今江苏苏州）人，著名的文学家、文学批评家。少有才名，入清后绝意仕进。顺治十八年（1661），清世祖驾崩，苏州秀才和百姓乘地方官哭奠之机，群哭于文庙，要求惩治贪赃枉法的知县任维初。清廷为威慑江南士族，逮捕金圣叹等士人，在江宁会审，严刑拷问，后处死，这就是清代著名的“哭庙案”。金圣叹的主要成就在于文学批评，他对《水浒传》《西厢记》《左传》等书的评点对后世影响甚大。

这首诗是诗人住宿在震泽慈云寺时与朋友道别的一首留别诗。前四句“震泽多精舍，慈云师子林。家私惟古佛，眷属总玄心”，写古镇震泽藏古寺，最负盛名的佛寺是慈云寺，古寺中的宝藏就是古佛，到佛寺中就有能悟彻事物玄理奥义的心，写出了古镇佛寺众多的特点。

▲ 慈云寺（朱剑刚　拍摄）

后四句“后汉人何在？微言乃至今。相逢随欲别，舍此更何寻”，诗人感叹震泽古镇的钟灵毓秀与人杰地灵，这里众多古迹和风光，吸引许多文人赏景赋诗，流连忘返。诗人感叹后汉江南名人如今已不知在何处，但他们留下的那些精深微妙的言辞流传至今。与朋友相逢旋即又要分别，今后还会在哪里重逢？慈云寺的美景使得诗人与友人相别时更加依依不舍。清代诗人沈彤的《慈云塔影》诗写出了“慈云夕照”之美：“四面湖光绕，中流塔影悬。荻塘西去路，蚕来胜耕田。”登上玲珑挺秀的慈云塔，四面湖光环绕，水中映出慈云塔影，让人心旷神怡。

震泽古镇是一个拥有2000多年历史的江南名镇，也是我国著名的蚕丝之乡。古镇位于苏州吴江西南部，与浙江省毗邻。春秋时期，震泽地处吴、越两国交界处，古称“吴头越尾”，是吴江的“西大门”。宋绍兴年间已设镇。相传唐代诗人张志和、陆龟蒙曾在此隐居。古镇上主要景点有慈云寺塔、师俭堂、王锡阐墓、文昌阁等。

慈云禅寺原名广济寺，重建于宋咸淳年间。明正统年间，僧道泽再建。天顺年间，御赐“慈云禅寺”额。清咸丰十年（1860），寺毁于战乱，唯塔独存。

坐落于慈云禅寺内的慈云寺塔，位于震泽镇宝塔街东端。相传三国赤乌年间，孙权之妹怀念刘备，登高眺望，寄托绵绵情思，故塔又称望夫塔。另一说，宋徽宗女儿慈云公主避难震泽，念念不忘国亡父掳的奇耻大辱，重修此塔遥望北方，祈盼父皇早日挣脱金朝幽禁南归，寺塔以“慈云”命名，故称慈云寺塔。该塔为六面五层，砖身木檐楼阁式，高 38.44 米，由塔壁、回廊、塔心组成。塔身由下而上，逐层收小，第四层中央支有一根一抱之粗的楠木柱，穿越第五层，直透塔顶。宝塔飞檐高翘，风铃挂角，雄伟秀丽。在古代，慈云寺塔不但是震泽，也是吴越交界地带的标志性建筑。每逢夕阳西沉，人们登临第五层，北望洞庭，南瞰麻漾，“震泽八景”谓之“慈云夕照”。古塔见证着古镇的历史人文与沧桑巨变，历久弥新。



慈云寺前的塘河架有禹迹桥，此桥为清康熙五十四年（1715）当地人

▼ 震泽古镇（朱剑刚　拍摄）

为纪念大禹治水功绩而建。桥为单孔石拱结构，桥面宽4.3米，全长43.5米，跨径10.45米，矢高5.56米。禹迹桥顶面石和拱券内龙门石分别雕刻“轮回”“云龙”图案。桥东西两向各刻对联一副。东面桥联：“善政惟因，不易大名仍禹迹；隆时特起，重恢古制值尧巡”；西面桥联：“市近湖漘，骄肩无俟临流唤；地当浙委，绣壤应多题柱才”。桥面石级刻有各类吉祥图案。慈云寺塔和禹迹桥互为借景，相互呼应，构成了一幅“拱桥塔影”的江南画卷，成了整座古城最亮丽的名片。

▲ 禹迹桥（朱剑刚　拍摄）

与慈云禅寺分跨宝塔街两头的，是另一个国家重点文物保护单位，有着“江南大宅门”之称的师俭堂。师俭堂位于宝塔街西端，清道光年间徐氏所建，清同治三年（1864）重建，占地2700多平方米，共有大小房屋150余间，完全按照传统中式古建筑的营造法式，集河埠、行栈、商铺、街道、厅堂、内宅、花园、下房于一体，街中建宅，宅内含街。师俭堂三面临水，前门上轿，后门下船，水陆皆便，为典型的江南水乡大宅门。地势则从第一进至第六进缓缓抬升，以应“步步高升”之谚。关于师俭堂的堂名，一种说法是仰慕东汉名士张俭高风亮节而取名，还有一种说法是崇尚节俭而取此名。院中有一座占地仅420余平方米的“锄经园”，堪称江南最小的园林，但设计巧妙，园内建有亭台楼阁、游廊假山，假山下有山洞，上有半亭，错落有致，是设计精巧的江南园林。其间山石花木垒栽得当，藤蔓交缠，青苔留屐痕，悠然有古意。春风秋月，闲庭信步，别有情趣。

▲ 师俭堂木雕（朱剑刚　拍摄）

王锡阐墓位于震泽中学校园东侧，是明末清初天文学家王锡阐的墓葬所在。王锡阐（1628—1682），字寅旭，号晓庵，又号余不、天同一生，吴江震泽镇人，清天文学家。他针对当时中西历法各种不同的看法，提出“考正古法之误而存其是，择取西说之长而去其短”的观点。王锡阐墓前东侧门楣上题刻着“南服英贤”四字，墓后围墙上镌刻着“江天白云”，取自顾炎武题赠王锡阐诗中的“白云满江天”。墓径4.8米，封土高1.5米，墓前立着一碑，上面阳刻“王晓庵先生之墓”七个苍劲有力的楷书大字，墓四周松柏蓊郁，古榆挺拔，玉兰飘香。

文昌阁初建于清乾隆三十六年（1771）。道光二十年（1840），震泽人徐学健等重修，后毁于战乱。2007—2009年，根据历史记载与图片资料按原样重建，成为震泽镇的主要景观。文昌阁四面临水，阁高三层，单檐歇山顶，内供文昌帝君像。登临文昌阁，水乡古镇一览无余，令人心旷神怡。

▲ 文昌阁（朱剑刚　拍摄）

古镇上的宝塔街，青石板铺路，老街两旁都是粉墙黛瓦的古建筑，不仅有茶馆、咖啡店、美食铺子，更有吴江各著名丝绸字号的门面，陈列着琳琅满目的丝巾、蚕丝被、旗袍等。在这里，可以找一家喜欢的茶馆，在沿河的座位坐下，品品具有震泽特色的四碗茶，吃吃仁昌顺的点心，与朋友聊聊天，偷得半日闲。

▲ 宝塔街（朱剑刚　拍摄）

震泽古镇历史悠久，古迹众多，先后被评为中国特色小镇、2017 年江苏省旅游风情小镇。这座藏在深闺中的江南古镇逐渐走到了更多游客的面前。

# 盛泽

## 盛泽

◎明·周灿

吴越分歧处，青林接远村。
水乡成一市，罗绮走中原。
尚利民风薄，多金商贾尊。
人家勤织作，机杼辄晨昏。

旅游路线

先蚕祠→昇明桥→古弄堂（杀猪弄等）→石塔

吴江盛泽镇位于江苏省的最南端，地处苏浙沪“金三角”的中心地带，东连上海，西濒太湖，北依苏州主城区，南接浙江，地理位置非常优越。盛泽是我国重要的丝绸纺织品生产基地和产品集散地，历史上以“日出万绸，衣被天下”闻名于世，与苏州、杭州、湖州享有“中国四大绸都”之美称。盛泽之名由来也许与它的繁盛发达有关，而“泽”乃是湖泊众多之意。明弘治年间仍为村，嘉靖年间始称为市（市集），至清顺治四年（1647）建为镇制。彼时的盛泽衣被天下、商业繁荣。乾隆《吴江县志》记载，盛泽在清乾隆年间“居民百倍于昔，绫绸之聚亦且十倍，四方大贾辇金至者无虚日。每日中为市，舟楫塞港，街道肩摩，盖其繁阜喧盛，实为邑中诸镇之第一”。

这是一首明代诗人周灿描写家乡的诗，诗中所反映的是当时盛泽商贾云集的景象。诗的作者就是盛泽人，生长于斯，耳濡目染，对盛泽的了解与感悟自然更为透彻。

周灿，生卒年不详，字光甫，号闇昭，吴江盛泽人，明代诗人。崇祯四年（1631）进士。曾任浙江宣化、会稽二县知县。崇祯十六年，擢升浙江道御史。南明政权灭亡后，他归隐故里，与同邑文友结诗社相唱和，成为复社的骨干。其诗文绘事笔意疏远，有姜白石之风。著有《西巡政略》《泽畔吟》等。这位明朝末年的进士用诗写出了当年盛泽纺织业的胜景：家家户户日夜织造，绫罗绸缎远销中原。如此情景经数百年，一直延续到20世纪四五十年代，在盛泽老宅中还可见到这样的“晨昏织作”。

这首诗为五言诗，写出了盛泽作为丝绸之乡最典型的特征。首联“吴越分歧处，青林接远村”，交代了盛泽所处的地理位置：吴越边界，盛泽的南面就是浙江嘉兴。此地林木茂盛，村庄一个接一个。颔联“水乡成一市，罗绮走中原”，写出了丝绸之乡的特点，展现了当地的民风民俗：在盛泽这个水乡之地，形成了丝绸的集市，别看只是一个小镇，这里出产的丝绸销往中原各地。颈联“尚利民风薄，多金商贾尊”，因为经济发达，人们生活富庶，镇上商贾云集，民风人情淡薄，百姓依靠丝绸业收入颇丰，比较尊重从商之士。盛泽的丝绸业发展源远流长，明代嘉靖年间盛泽就已成为“以机为田，以梭为耒”的丝绸专业市镇。明末时已是全国丝绸集散中心。到了清代乾隆年间，盛泽丝绸业更是盛况空前，镇上“风送万机声”“晴翻千尺浪”。尾联“人家勤织作，机杼辄晨昏”，可以看出当时人人忙于纺织的情景，机杼之声响彻晨昏。

盛泽镇地处太湖流域，地理位置优越，气候温和，雨量充沛，自然条件得天独厚，适合种植稻麦和种桑养蚕，自古就是著名的鱼米之乡、丝绸之乡。三国东吴赤乌三年（240），东吴司马领濠寨盛斌在此屯兵结寨，后人称其为盛寨。因东西濒大水，寨又改为泽，沿用至今。

丝绸之乡盛泽，不仅丝绸种类繁多，精美绝伦，风光亦是美不胜收。盛泽河道纵横密布，上面架有 20 多座桥梁，其中有建于晋、唐年间的东庙桥、龄嘉桥、善嘉桥，以及建于宋、明的登春桥、开源桥等。民居也大多前门临街、后门临河，是典型的滨水民居。

▲ 昇明桥（朱剑刚　拍摄）

盛泽古镇深弄、长巷数量众多，有“七十二条半弄堂”之称。据记载，清光绪末年，盛泽就已经有 11 条街、13 条里、14 条坊、65 条弄，到清朝末年，已经有 100 多条弄堂。这里的每个弄堂名字都有典故，都有来历。

例如“杀猪弄”，不要误以为是杀猪的地方。据说古时这里住了一大户人家，某日家中的千金小姐正在楼阁午休，有一牧童从这里路过，边走边吹笛子，千金小姐在半睡半醒中听见悠扬的笛声，完全陶醉了，竟致手中的珠链掉落，珠子撒了满地，于是此地就叫“撒珠弄”，后来讹传开来，变成了“杀猪弄”。盛泽弄堂风貌保存得较为完好，很好地诠释了江南古风古韵的风情文化。

以丝绸闻名天下的盛泽古镇保存着众多和丝绸有关的古迹，最独特的就是先蚕祠。先蚕祠，俗称蚕花殿或蚕皇殿，位于盛泽镇五龙路口，是清代道光年间盛泽丝绸商人所建，即盛泽丝业公所，距今已有 180 余年历史，现为全国重点文物保护单位。祠为古典庙堂式建筑，正面门楼飞檐斗拱，气势轩昂，两边是八字形清水砖壁，朴素典雅，前面是小广场。三座拱门

▼ 先蚕祠（朱剑刚　拍摄）

正中间有祠名匾额，两侧上方分别书写“织云”和“绣锦”，见证了盛泽当年丝绸业的繁荣。穿过门楼是一座古色古香的戏楼，戏楼两侧和厢楼相通，戏台朝北，下面的石板广场一直延伸至正殿前，场地宽阔。

先蚕祠雄伟高敞的正殿内供奉着三位大神，分别是中华民族人文始祖轩辕、神农和嫘祖。轩辕就是黄帝；神农是中华民族的农业始祖，也就是炎帝；嫘祖则是黄帝的妻子，正是她教会了百姓养蚕缫丝。在盛泽先蚕祠，嫘祖是可以与炎黄二帝同祠的始祖，足以见得其在当地百姓心中的分量。

▲ 先蚕寺戏台（朱剑刚　拍摄）

盛泽值得一看的胜迹还有目澜洲、石塔、济东会馆、华阳会馆、徽宁会馆等。

如今的盛泽，依旧机杼声不断，河港间流淌着千年的丝绸记忆。这座江南古镇，既守着老手艺的根，也绽着新时代的花，值得细细品味。

# 黎里

## 黎里行

◎清·袁枚

吴江三十里，地号梨花村。我似捕鱼翁，来问桃源津。
花草有静态，鸟雀亦驯驯。从无夜吠犬，门不设司阍。
长廊三里覆，无须垫角巾。家家掉小舟，目不识车轮。
勾栏无处访，樗蒲声不闻。丝萝不外附，重叠为昏姻。
不知何氏富，不知谁家贫。更有奇女子，嫁与贤郎君。
双双来执贽，宾宾拜起频。留住小眠斋，款如骨肉亲。
我喜风俗美，更感古谊敦。逝将去故土，十万来买邻。
非徒结张邴，兼且联朱陈。有女此地嫁，有男此地婚。
庶几子与孙，永作羲轩民。

**旅游路线**

柳亚子纪念馆→黎川苑→古弄堂群（周、陈、李等姓氏弄堂）→道南桥→缆船石驳岸→六悦博物馆→中国锡器博物馆

▲ 黎里古镇一角

黎里古镇历史悠久，位于吴江城区东南 30 千米，地处苏浙沪“金三角”的腹地、太湖流域的中心位置，东距上海 90 千米，北离苏州主城区 45 千米，水陆交通十分便捷。黎里和吴江的同里、吴兴的织里、常熟的古里，共称江南“四里”。这里人们生活安宁，是理想的安居之地。

袁枚（1716—1798），字子才，号简斋，晚年自号仓山居士、随园主人、随园老人，钱塘（今浙江杭州）人。清代诗人、散文家。乾隆四年（1739）进士，历任溧水、江宁等县知县，有政绩。后归隐，在江宁小仓山下筑随园，吟咏其中。广收诗词弟子，人称“随园先生”。编选《随园诗话》。倡导“性灵说”，是乾嘉时期代表诗人之一，与赵翼、蒋士铨合称“乾隆三大家”。

这首诗是袁枚应黎里名士徐达源夫妇之邀，来到黎里而写的一首五言古诗，诗中写出了黎里古镇的风俗美景。诗人在《随园诗话》也曾说过，“余过吴江梨里，爱其风俗醇美”。

诗的开头四句“吴江三十里，地号梨花村。我似捕鱼翁，来问桃源津”，首先点明黎里的地理位置和富于诗意的别称“梨花村”。黎里之南多梨花，故称梨花里。诗人以陶渊明《桃花源记》的典故，自比武陵渔人，来黎里找寻心中的桃花源。

接着四句为“花草有静态，鸟雀亦驯驯。从无夜吠犬，门不设司阍”，写黎里古镇花草静美，鸟雀温顺，到了夜晚听不到狗叫声，家家户户没有看门的人，敞开大门也无妨。“司阍”指看门的人。

“长廊三里覆，无须垫角巾。家家掉小舟，目不识车轮”，这四句写黎里古镇古街蜿蜒连绵、带顶棚的廊道有三里多长，人们走在廊道的青石板路上，雨天不用垫角巾。古镇河道纵横，出行依靠舟船，临河而居的人家，家家户户出行都是自备小舟，似乎都不认识陆地出行的车轮了。

“勾栏无处访，樗蒲声不闻。丝萝不外附，重叠为昏姻”中，“勾栏”指固定的娱乐场所，“樗蒲”是指古代一种博戏。这里的人们单纯质朴，勤劳安分。“丝萝”指菟丝和女萝相互缠绕，常被用来比喻紧密的婚姻关系。这里进一步描写黎里古镇犹如世外桃源般古朴美好。

“不知何氏富，不知谁家贫。更有奇女子，嫁与贤郎君”，这四句写古镇家家户户不分贫富，着实令人称奇。因为袁枚受徐达源夫妇邀请，“奇女子”指徐达源夫人吴琼仙，是闺阁诗人，“贤郎君”指徐达源。他们是一对文学夫妻、神仙眷侣。

“双双来执贽，宾宾拜起频。留住小眠斋，款如骨肉亲”中，“执贽”为古代交际礼仪，拜谒尊长时携见面礼物。这里指徐达源夫妇拜袁枚为师，双方以师生相称。袁枚来黎里住在徐达源的小眠斋，弟子热情有礼，如家人一般款待他，诗人对此次黎里之行特别感慨。

“我喜风俗美，更感古谊敦。逝将去故土，十万来买邻。非徒结张邴，兼且联朱陈”中，“张邴”指汉张良和邴汉，二人均弃官归隐，后遂以此为典。“朱陈”即朱陈之好，指两家结成姻亲。这几句的意思是诗人最喜欢黎里民风淳朴，感动于黎里古风盛行，待人热情，是特别适宜人居住之地。自己愿意离开故土，花钱来此定居，与淳朴的黎里人为邻。在黎里不仅能结交张良、邴汉这样的归隐人士，还可以在此结为秦晋之好，安闲地生活。

“有女此地嫁，有男此地婚。庶几子与孙，永作羲轩民”中，“羲轩”是指伏羲和轩辕氏黄帝，中华民族远古传说中重要的祖先。“羲轩”并称，代指中华民族。诗人直抒胸臆，指青年男女婚嫁在此，可以成为中华民族的好子孙。

全诗用细腻的笔触写出了黎里古镇的风土人情之美，诗人在这里感受到世外桃源般的生活，没有尔虞我诈，只有和谐安定。

黎里古镇有900多年的历史，在唐时成村，北宋时形成东西两个有相当规模的村落，南宋时人口激增，成为集镇，明成化、弘治年间成为大镇，清宣统年间成为当时吴江县的九镇之一。

▲ 黎里古镇（朱剑刚　拍摄）

也许是历史上远离战火和动荡，黎里古镇保存较为完好，至今仍有明、清、民国建筑97000多平方米，由此被评为“中国历史文化名镇”。黎里的河流，为太湖水系一部分，这里河道纵横，湖荡密布，土壤肥沃，河道、湖荡与溇浜、池潭构成稠密的水道网络，故又被称为“水乡明珠”。繁荣的水道让黎里成为典型的江南商业重镇。

▲ 黎里古镇建筑（朱剑刚　拍摄）





黎里古镇有三多。一是桥多。其桥之多、河岸之美，构成了古镇一大特色。古镇丁字形市河全长 2000 余米，河上各式各样的桥最多时有 80 多座，留存至今的建于元代至清代的古桥也有10余座。古桥有花岗岩垒的，有青条石砌的，有的平卧，有的飞拱，形式多样。其中，道南桥是古镇最高的一座桥，建于康熙年间。

▲ 黎里古镇驳岸（朱剑刚　拍摄）

二是缆船石多。古镇有长达4000多米的明清时期古驳岸，河埠式样众多，有淌水式、双落水、单落水、悬挑式等。驳岸和河埠上雕刻着各式各样的缆船石254颗，属江南古镇之最，缆船石上还刻有暗八仙、笔锭、如意、犀角、双桃、双橘、如意得鹿、瓶生蜂猴、瓶生三戟和五色旗等。20世纪六七十年代，当地人粜米卖柴、迎来送往仍用大船小舟，航运十分发达。河道上很早便修筑了整齐的条石驳岸，每隔三五步更设有缆船石，如同北方的拴马桩，用来拴住船只。上面拴缆绳的洞被称为象鼻眼。如今的象鼻眼渐渐失去了它的实用价值，但其巧夺天工的雕饰和代表美好祈愿的式样，不仅述说着这里过往的繁华，也成了如今黎里古镇一道别致又亮丽的风景。

三是弄堂多。黎里古镇的弄堂之多、结构之奇，堪称江南之最。至今完好保存的弄堂有85条，其中70条为暗弄，一半以上以姓氏命名，以周、陈、李、蒯、汝、陆、徐、蔡黎里八大姓命名的最多。另有走马堂楼底的跨楼弄，两弄紧依的鸳鸯弄，直插郊外的通风弄，弄内生弄的母子弄。黎里的弄堂很深，最深的有九进大院；黎里的弄堂很窄，最窄的只有0.7 米；黎里的弄堂很长，超过 100 米的有 11 条，最短的也在 50 米以上。

弄堂是黎里人生活起居的空间，也是重要通道，夏季可躲雨，冬季可避雪。弄堂还起到防御的作用，可以护卫民众生命财产安全。弄堂还有泄水的功能。倘若你仔细观察黎里的弄堂，会发现都是有地势高低的，就是为了方便泄水。江南水乡雨水多，泄水非常重要，它们也被老百姓称为“步步高”，讨个口彩，图个吉利。

弄堂里的老宅多为明清建筑，其中还有国家级文物保护单位。柳亚子纪念馆，位于老街上岸中心街 75 号，原为清乾隆直隶总督、工部尚书周元理私邸。纪念馆朝南面河，前后六进，馆内有因乾隆题写“福”字、大学士嵇璜题匾而得名的赐福堂，有太平天国将领遗留的龙凤瓦当，有栩栩如生的砖雕门楼。馆内有柳亚子的生平事迹展示，柳亚子出生于书香门第，12 岁随家人迁居到黎里，后在书斋“磨剑室”中写出《上清帝光绪万言书》，17 岁时成为蔡元培、章太炎弟子，一生以诗文作武器，追求进步。他加入同盟会，创办并主持南社，曾任孙中山总统府秘书。新中国成立后，柳亚子历任中央人民政府委员、全国人大常委会委员。

▲ 柳亚子纪念馆

迎恩坊位于镇中心，是为纪念南宋理宗朝状元魏汝贤而建立的。迎恩坊后面有一座宏伟建筑，名曰黎川苑。“黎川”是黎里的别称，黎川苑现在是黎里古镇展示中心，在此可以全面了解黎里的历史和现状。展示中心大门两边的正方形砖雕图案，融汇了著名的玛瑙春游、罗汉晓钟、鸭栏帆影、鹤渚渔歌、禊湖秋月、江村夕照、中立晚眺、揽桥残雪等“黎川八景”。

此外，禊湖道院隐在湖中，禅意十足，景色极美。鹤渚在黎里镇东南，河港交错，岸柳农舍，自然淳朴。鸿寿堂内18个圆台形的木础，是明代早期江南古建筑的特殊遗存，极富研究价值。黎里古镇还有元代的棂星门，明代的进士第，清代周宫傅祠、端本园等，以及中西合璧的建筑如洋泾浜天主堂、施家洋房，现代文旅创新代表六悦博物馆、中国锡器博物馆等。

▲ 乐善好施坊（朱剑刚　拍摄）

黎里街边的商铺售卖各种当地小吃，有所谓的古镇三宝：冯记油墩、王记辣脚、阿王套肠。黎里油墩是当地著名小吃，色泽金黄，外酥内软，相传为乾隆皇帝赐名，通常有豆沙馅、肉馅两种，考究的还在馅中加入猪油、白糖、松子、桂花，味道更为鲜美。黎里辣脚就是辣味鸡脚，辣中带麻，咸里有甜，鲜香又略酸，五味齐全，是黎里独有的美味。黎里套肠，由大肠套小肠，从选料、清洗到套肠、烧煮、切片、撒葱花、酱油调味，制作难度很高。套肠上桌，是一盘切成一指宽的大圈套小圈的厚片，隐喻“团团圆圆”。

作为“中国十佳村镇慢游地”的黎里，无论是古朴的石桥、沧桑的驳岸、绵延的廊棚、精致的古宅，还是那幽深的弄堂，黎里就像一幅宁静淡远的画卷，清幽而恬静，散发着淡淡的墨香，让人心向往之。

# 垂虹

## 垂虹亭

宋·米芾

断云一叶洞庭帆，
玉破鲈鱼金破柑。
好作新诗寄桑苎，
垂虹秋色满东南。

**旅游路线**

垂虹桥东段→垂虹桥西段→华严塔→计成纪念馆

吴江垂虹桥素以“江南第一长桥”闻名遐迩，位于吴江区东门外，旧名利往桥，俗称长桥，是一座比苏州宝带桥更长、桥孔更多的名桥。垂虹桥始建于北宋庆历八年（1048），起初为木结构，后毁于兵火。元泰定二年（1325），改建为联拱石桥，设62孔。后明清两朝屡次修建，增至72孔。

据史料记载，昔日的垂虹桥，环如半月，长若垂虹，三起三伏，蜿蜒如龙。桥孔比一般的桥孔高，便于行舟，利于泄洪。桥两堍各有一亭，并有两对石狮，栩栩如生。桥中位置建有一座桥亭，名为垂虹亭。亭平面正方形，九脊飞檐，前后有两道拱门，可通行人，别具一格。

垂虹桥横跨在吴淞江上。吴淞江源自太湖，一路向东奔流，进入上海境内，上游称为苏州河，下游即黄浦江。吴淞江在古时亦称松江，既是松陵地名的由来，又是吴江地名的由来。垂虹桥也因其雄伟的气势、构筑的

▼ 垂虹桥（朱剑刚　拍摄）

精巧及往来商贾墨客的赞颂吟唱而名声大振，成为江南名桥。宋代著名书法家、诗人米芾面对江南水乡烟波浩渺、清空悠远的意境，挥笔写下了《垂虹亭》一诗。

米芾（1052—1108），初名黻，后改芾，字元章，号海岳外史，湖北襄阳人，曾定居润州（今江苏镇江）。北宋书法家、画家、诗人，与苏轼、黄庭坚、蔡襄合称“宋四家”。曾任书画学博士、礼部员外郎。能诗文，擅书画，精鉴别，书画自成一家，创立了“米点山水”。个性怪异，举止癫狂，遇石称兄，膜拜不已，因而人称“米癫”。又称“米襄阳”“米南宫”。

画家写诗往往能“诗中有画”。米芾有女儿嫁在苏州东南的大姚村，离吴江很近，所以诗人趁便游垂虹桥。



诗的首句“断云一叶洞庭帆”描写眼前的太湖美景，一叶孤帆，截断了云气，从太湖上驶来，船上的白帆如同白云。第二句“玉破鲈鱼金破柑”写出了吴江的物产丰富，船上载的应该是鲈鱼和柑橘。金秋时节，鲈鱼肥美，鱼肉细白如玉，金黄的柑橘经霜而成熟，写出吴江是著名的鲈鱼之乡。第三句“好作新诗寄桑苎”笔锋一转，写眼前垂虹桥边无限秋色催人诗情勃发。“桑苎”指唐代茶学家陆羽，他自号桑苎翁，隐居于湖州笤溪，著《茶经》。诗人表示要写一首新诗遥寄给陆羽。末句“垂虹秋色满东南”表达诗人对垂虹桥的挚爱之情。垂虹桥的秋景名满东南，诗人沉浸在金色的秋光中，神醉心迷。诗人对自己的这首诗很满意，有书迹留存。

除了米芾，历代文人雅士也留下了众多描绘垂虹桥的诗篇。宋代王安石盛赞：“颇夸九州物，壮丽此无敌。”姜夔有《过垂虹》：“自作新词韵最娇，小红低唱我吹箫。曲终过尽松陵路，回首烟波十四桥。”诗人与歌女小红，一人吹箫，一人唱和，在箫声与歌声中，小船载着他们驶过垂虹桥，此情此景随着这首诗流传至今，成为千古佳话。宋代“江湖派”诗人戴复古则将垂虹桥与同时期的建筑岳阳楼相比较，感叹道：“垂虹五百步，太湖三万顷。除却岳阳楼，天下无此景！”

元代诗人萨都剌有诗云：“插天蝃蝀势嵯峨，截断吴松一幅罗。江北江南连地脉，人来人往渡天河。龙腰撑出渔舟去，鳌背高驼驷马过。桥上青山桥下水，世人曾见几风波。”足见垂虹桥之气势磅礴。章岷《江桥晚望》：“横绝中流倚画桥，晴虹千丈影迢迢。目随秋色天涯尽，心伴湖波日夜摇。”遥想当年，皓月当空，垂虹桥笼罩在夜色之中，“垂虹亭下秋水清，垂虹亭上月初明”，真是别有一番意境。“垂虹夜月”即为吴江八景之一。

昔日垂虹桥已不得见，幸有文人画作留存至今，从明代唐寅、文嘉等人的画作中仍可见垂虹桥风采。

▲ 明·文嘉 《垂虹亭图》

▲ 明·唐寅 《垂虹别意图》(局部)

垂虹桥在我国古代桥梁史上享有极高的地位。然而由于年久失修，垂虹桥于 1967 年 5 月 2 日坍塌，着实令人遗憾。而今，吴江区政府在这里辟建了“垂虹遗址公园”，并在垂虹桥遗址周围建造垂虹景区，重现东端的10孔桥洞，与西端已显露的7孔遥相呼应。垂虹断桥现为国家重点文物保护单位。

▲ 垂虹桥遗迹全景（朱剑刚　拍摄）

成为断桥的垂虹桥失去了通行的功能，经过整修后的桥面，因少有人行，石缝中杂草丛生，只有石块上镂刻的花纹还斑驳可见。当年宽阔浩瀚的古松江变成波澜不惊的寻常小河，站上断桥，不禁让人百感交集，感怀历史沧桑。

垂虹景区内还有两处景观：华严塔和计成纪念馆。华严塔建于宋元祐四年（1089），原址在东门外宁境华严讲寺内，四面七级，俗称方塔，为吴江古迹，清宣统二年（1910）塔圮。现在的华严塔是

▲ 计成纪念馆

2004 年重建的，为仿宋七级方塔，塔高 46.66 米，与垂虹桥相映成辉。计成纪念馆是为了纪念中国明代造园家计成，其有《园冶》传世。《园冶》被誉为世界造园学最早的名著，提出了著名的“虽由人作，宛自天开”的造园理念。纪念馆内布展精良，可供游人细细揣摩园林艺术及其建造工艺。

▲ 华严塔

如今的垂虹桥虽已不再完整，但遗址公园的精心保护让它依然承载着厚重的历史记忆。断桥残迹与修复的桥洞静静矗立，向人们诉说着昔日“江南第一长桥”的辉煌。华严塔的钟声与计成纪念馆的园林智慧相伴其间，共同勾勒出吴江独特的人文画卷。这座跨越千年的古桥，用残存的石阶和斑驳的纹路，将诗词中的烟雨江南与当代城市相连，让历史的故事在吴淞江畔继续。

# 贰

## 山泽风清

# 洞庭东山

## 和徵明登东洞庭

明·徐祯卿

坞僻云深石径纡，渐从平履涉崎岖。
烟迷远景山藏屋，林透微明月堕湖。
佳境到时应就宿，肩舆停处合临图。
莫厘绝顶君还上，得似邻峰缥缈无。

**旅游路线**

启园→陆巷古村→紫金庵→雕花楼→莫厘峰

东洞庭即东洞庭山，人们习惯称之为“东山”，本是太湖之中的岛屿。据记载，隋代时东山岛与陆地相隔30余里，宋代时东洞庭山还是湖岛。清道光十年（1830），东山与陆地（今苏州市吴中区临湖镇）相隔约50米。100多年前，东山北面的连岛沙嘴和陆地相接，形成伸展于太湖东首的一座长条形半岛。

▲ 东洞庭山全景（朱剑刚　拍摄）

徐祯卿（1479—1511），字昌穀，一字昌国，苏州府吴县（今江苏苏州）人，明代文学家。徐祯卿天性聪颖，自称无师自通。诗人、散文家吴宽是他的文学先生，书法家李应祯是他的书法先生。徐祯卿16岁开始著书，虽有才名，却屡试不中。直到弘治十八年（1505）27岁时才中进士，授大理寺左寺副，后被贬为国子监博士。与唐寅、祝允明、文徵明并称明代“吴中四才子”。其诗风格清朗，著有《迪功集》《谈艺录》等。

徐祯卿最出色的就是诗词成就。唐伯虎的画，祝枝山的字，以及徐祯卿的诗词，当时极负盛名。“文章江左家家玉，烟月扬州树树花”，是传诵一时的名句，徐祯卿也被称为“吴中诗冠”，才子都在江南，江南看徐祯卿。正德六年（1511）三月十六日，徐祯卿去世，年仅33岁。

这首诗是诗人与文徵明的唱和之作，记登临东洞庭山所见所感。由于他对家乡山水的热爱，加上与好友同游，情致所至，写出了自己独特的感受。首联“坞僻云深石径纡，渐从平履涉崎岖”中的“坞”指莫厘峰下的纯阳坞，“纡”指曲折，山坞在云深之处，山径曲曲折折，渐渐从平地而行到崎岖的山路。颔联“烟迷远景山藏屋，林透微明月堕湖”，写太湖边的东山被烟云笼罩，山里人家的屋子藏在迷蒙的山中，树木茂盛，林间微微透出光亮，明月倒影在湖中摇曳生姿。颈联“佳境到时应就宿，肩舆停处合临图”，诗人感慨，到了如此美如画境之处就应住上一宿。“肩舆”即轿子，停下轿子正好在此面对美景写生。尾联“莫厘绝顶君还上，得似邻峰缥缈无”，说还应登上莫厘高峰，看看其与西山缥缈峰相比景观如何。诗人认为最好的风光在山顶，可以一览太湖全景，一定美不胜收。

东洞庭山，本名胥母山，相传因伍子胥曾将其母供养于此而得名。传说隋代莫厘将军曾居住在此，又称莫厘山，后因其在太湖洞山和庭山以东而得名，简称东山。

▼ 莫厘峰（朱剑刚　拍摄）

作为延伸于太湖中的一个半岛，东山三面环水，万顷湖光连天，渔帆鸥影点点，与西洞庭山、光福邓尉等太湖七十二峰，交汇而成绮丽宽广的太湖风光。东山镇还辖有太湖中三山、泽山、厥山等大小岛屿 11 个，苍翠壮观。东山人文鼎盛，自然与人文景观交相辉映，美如画卷。

主峰莫厘峰，海拔 293.5 米，是太湖七十二峰中的第二大峰，仅次于西洞庭山的缥缈峰。从山顶俯瞰，太湖美景尽收眼底。据考古学家研究，莫厘峰地区早在新石器时代就有人类居住。人们在山脚下发现了大量的古代文物和遗址，证明了这里在古代就是一个重要的聚落地。



▼ 启园一隅

东山的启园，是苏州所有园林中唯一依山而筑、傍水而建的园林。它既具有苏州园林小巧玲珑、曲折幽深的特色，又具有脉接七十二峰、波连三万六千顷的粗犷气魄，被称作“太湖边的拙政园”。苏州园林多半以假山假水造景，而启园可以说是半真半假、亦真亦假。启园内还有一口柳毅井，相传柳毅就是从这里进入龙宫的。元代诗人金信《洞庭曲》中“浩荡太湖水，东西两洞庭。吹箫明月里，龙女坐来听”就写到了这一神话传说。

▲ 陆巷古村牌坊（朱剑刚　拍摄）

东山保存了不少古老的村落，如杨湾、槎湾、陆巷等，其中名气最大的当数陆巷古村。陆巷古村背山面湖，同太湖西洞庭山遥遥相望，依山傍水，风景秀丽。古村源于南宋，距今逾千年，是目前江南建筑群体中质量最高、数量最多、保存最完好的明清古村落之一。作为中国历史文化名村，古村被誉为“太湖第一古村”。村中有明代老街、三元牌楼，各种厅堂鳞次栉比。陆巷古村也是明代正德年间大学士王鏊的故里，王鏊曾连捷解元、会元、探花，其门人唐伯虎称他为“天下文章第一，山中宰相无双”。

东山半岛上有名气的寺庙道观为数不少。莫厘峰下的雨花禅寺历史悠久，香火一直旺盛；碧螺峰下的灵源寺环境清幽，历史上规模宏大，现仍有一些历史遗存，如古井、古碑等；杨湾古村的轩辕宫供奉着中华人文始祖轩辕氏，周围环境十分优美；就连毗邻的三山小岛也有几座寺庙，如三峰寺虽规模很小，但很适合静修。最著名的就是建于唐代的紫金庵，清代重修，保存至今。世人称“天下罗汉两堂半”，半堂在苏州角直保圣寺，一堂在济南长清灵岩寺，还有一堂就在紫金庵。

▲ 柳毅井

▲ 紫金庵（朱剑刚 拍摄）

紫金庵罗汉共十六尊，是泥塑彩绘罗汉像，相传为南宋民间雕塑名手雷潮夫妇所塑。据记载，雷潮一生只塑三处，此处最佳。这十六尊罗汉均为坐相，大小比例与真人相仿，面部表情生动，形态逼真，衣褶线条自如，可以看出丝绸、棉布、麻布等不同衣料的质感，显示出了高超的雕塑技艺。

▲ 横三世佛

▲ 华盖

▲ 经盖

▲ 三山岛

东山半岛上的古建名气最大的应是春在楼了。春在楼取“向阳门第春常在”之意而得名，坐西面东，四合院形式。主楼梁桁、门窗、门楼均施精雕细刻，故俗称“雕花楼”。全楼建筑中砖雕、木雕、金雕、石雕、彩绘、泥塑、铺地艺术巧夺天工，且“楼无处不雕，雕无处不精”，享有“江南第一楼”之誉。

▲ 春在楼一景

紧紧依偎着东山半岛的三山岛则是太湖中一个古老的小岛屿，又名笔架山。岛上有距今一万多年的旧石器时代遗址和哺乳类动物化石遗存。由于地处苏、浙两省交界这一特殊地理位置，历史上这里交通便利、商业繁华，因而建有大量建筑，保留下来的亦多。岛上还有丰富的宗教文化资源，比如吴妃祠、关帝庙、清泉庵、三峰寺等。

▲ 雕花楼的雕刻

东洞庭山还是中国十大名茶之一——洞庭碧螺春的原产地。且拥有丰富的地下深层天然矿泉水资源，洞庭山矿泉水主要水源地就坐落于此。东洞庭山，天天有鱼虾，季季有花果，区域生态环境优越，历史文化底蕴深厚，古迹名胜不胜枚举。

# 洞庭西山

## 缥缈峰

◎明·申时行

孤峰缥缈入云烟，十载重来到绝颠。
纵目平临三界尽，掀身独傍九霄悬。
浮沉岛屿飞涛外，断续汀洲落照边。
呼取一尊收万象，狂歌欲醉五湖天。

旅游路线

太湖大桥→缥缈峰→水月禅寺→消夏湾→林屋洞→包山禅寺→明月湾古村

▲ 缥缈峰（朱剑刚　拍摄）



太湖有七十二峰，西洞庭山的缥缈峰最为壮观。南宋范成大《缥缈峰》诗云："满载清闲一棹孤，长风相送入仙都。莫愁怀抱无消豁，缥缈峰头望太湖。"其诗自注："西山最高峰。"清代徐崧、张大纯《百城烟水》卷一也说："缥缈峰，最高，登其颠则吴越诸山隐隐在目。"吴地习俗春日、秋日游山，必登此峰，文人雅士撰文纪游、吟诗写景，络绎不绝，相关诗文不胜枚举。历代著名诗人皮日休、文徵明、王鏊、吴伟业等人都留下了缥缈峰诗。

申时行（1535—1614），字汝默，号瑶泉，晚号休休居士，苏州府长洲县（今江苏苏州）人。明嘉靖四十一年（1562）状元，历任翰林院修撰、礼部右侍郎、东阁大学士、首辅、太子太师等，卒谥文定。苏州评弹《玉蜻蜓》就是演绎他的生平之事。万历十九年（1591），申时行回到了故乡。归苏后，申时行与故友流连吟咏，文辞清婉，著有《赐闲堂集》。

这首诗是申时行回归故里后，登上缥缈峰，拥抱大自然，放松身心，想象纵横驰骋而写出的一首虚实相生、意境深远的佳作。诗的首联“孤峰缥缈入云烟，十载重来到绝颠”表现缥缈峰岚气氤氲、云烟缥缈、富有诗意的境界。诗人之前曾登过缥缈峰峰顶，“十载重来”指他赴京任职十年后，再次登上峰头，自然有许多感慨。颔联“纵目平临三界尽，掀身独傍九霄悬”中的“三界”本是佛家语，指人世间的欲界、色界、无色界，这里指人间的各种境界。诗人自缥缈峰顶纵目望去，人世间各种境界尽收眼前，峰顶挺立身躯，仿佛独自高悬在九霄之中。颈联“浮沉岛屿飞涛外，断续汀洲落照边”描写远处的景色，太湖里许多岛屿在波涛里或浮或沉，夕阳映照下，许多水边汀洲似断还续，景色阔远，意象灵动，色调清润。尾联“呼取一尊收万象，狂歌欲醉五湖天”从大处落笔，描写诗人登高望远时视野开阔、胸怀豁达的深切感受。“呼取一尊”尽显豪气雅兴，诗人



▼ 西山南眺望缥缈峰（朱剑刚　拍摄）

要醉酒于浩渺太湖之上，兴发狂歌，收揽天地万象，尽入胸中。诗句中的“收万象”内涵十分丰富，一切诗家、文人描写的登缥缈峰的景象，都可以包罗进去。这首诗时而写景，时而叙事，时而抒情。写景则时而实写，摹写如画，时而虚写，意境空灵，读来诗思飞动，气势动荡，诗笔灵巧，很有艺术魅力。

缥缈峰所在的区域为太湖西洞庭山，人们习惯称之为“西山”。西山是太湖中独立于陆地的最大岛屿，岛上群峰凸起、层峦叠嶂，一直有“太湖七十二峰，四十一峰在西山”的说法。自古以来，人们依靠舟楫，流连忘返于西山岛。20世纪90年代当地政府专门修建了太湖大桥，从北到南串起了陆地和长沙岛、叶山岛、西山岛，犹如一串项链，长虹卧波，为人们通达西山提供了便利，其本身也是一道亮丽的风景线。

▲ 太湖大桥（朱剑刚　拍摄）

缥缈峰为太湖七十二峰之首，海拔336米，是苏州第三峰，比穹窿山、大阳山略低。因经常被云雾笼罩，犹如传说中的缥缈仙境而得名。登上缥缈峰顶的瞭望塔，可将三万六千顷湖光山色尽收眼底，是太湖地区最佳的登高旅游胜地。明代王鏊在《登缥缈峰》说“星辰可摘九天上”，用夸张的手法描写缥缈峰之高，也抒发了诗人豪迈的气概。

缥缈峰脚下的水月坞因水月禅寺而闻名。水月禅寺始建于南朝梁大同四年（538），为一代江南名刹，相传为观音菩萨三十六相中“水月观音”造像的发源地。映在绿树丛中的寺院，杏黄色的院墙，苍绿色的参天古木，令水月禅寺显得禅意悠然。

缥缈峰南有一月牙形的湖湾，相传为春秋时期吴王夫差与西施消夏避暑之地，名为消夏湾。因景色优美、水色澄澈，也被历代文人吟咏。宋代范成大《消夏湾》：“蓼矶枫渚故离宫，一曲清涟九里风。纵有暑光无著处，青山环水水浮空。”明代高启也作《消夏湾》：“凉生白苎水浮空，湖上曾开避暑宫。清簟疏帘人去后，渔舟占尽柳阴风。”消夏湾烟波浩渺、荷叶田田，明清后名声更盛，文人墨客雅集于此，留下众多吟咏诗篇。



西山岛的东北方向有林屋山，根据历史记载，早在大禹治水时期，大禹就在此留下过足迹。传说道教始祖广援普度天尊的发祥地就在这里，故林屋山号称道教十大洞天之第九洞天。林屋山下有林屋洞，俗称龙洞，洞体为石灰纪的石灰岩，它的形成时间距今约 3 亿年，而林屋洞的洞龄至少也有 2.5 亿年了，它是研究太湖流域地质科学的重要材料。林屋洞内广如大厦，立石成林，顶平如屋，故称林屋。皮日休有《入林屋洞》，陆龟蒙有《奉和袭美太湖诗二十首・林屋洞》，二人将林屋洞的幽深奇幻，道教洞天的特点描绘得淋漓尽致。林屋山自古为赏梅胜地，自唐朝起就留下了深厚的梅文史迹。以林屋山为中心，环山数千亩梅林连绵不断，不仅面积大，梅的种类亦多。这里有红梅、绿梅、白梅，尤以白梅最多。每到梅花盛开时节，数千亩梅花齐放，白茫茫一片，似雪、似海，景象极为壮观。林屋梅海还是中国梅文化研究基地，每年一次的苏州太湖梅花节就在此举办。林屋山周边还有植有千年古香樟的古樟植物园、现代重建的包山禅寺、古紫藤缠绕古香樟的罗汉寺等景区，也都是游客青睐的旅游胜地。

林屋洞西北的包山禅寺，初创于南朝之初，梁大同二年（536）正式建寺，初名福愿寺。后唐高宗李治赐名为“显庆寺”，因西山四面为水所包，俗称包山，该寺又是山上第一大寺，故又名包山寺，所在的山坞亦得名包山坞。清代诗人魏源《西洞庭包山寺留题》诗:“约君桃花时,君来荷未开。约君桂花时，已及腊前梅。游山须住山，四季花楼台。动失花时节，空赏绿阴苔。何如山中云,朝暮花徘徊。云水一万家,香雪一万堆。清香静中发,寒光空际来。请参此中禅,吾何隐尔哉。”后来寺院被毁。20 世纪 90 年代,寺院得到重建，建成后对外开放，今天依然是西山岛上重要的宗教盛景。

明月湾古村位于西山岛南端，一面临湖，三面环山，地形宛如一钩明月，传说春秋时期吴王夫差携美女西施在此共赏明月而得名“明月湾”，是吴中西山最古老的村落，以风景优美、文化遗存丰富多彩而著称。明月

▲ 明月湾古村（朱剑刚　拍摄）

湾古村落是中国历史文化名村，现存古建筑数量较多，分布较为集中，保存完好。明月湾周边石街长达 1000 米左右，较好地体现了江南古村落的原始风貌。村头还有一棵古香樟，高 25 米，胸径 2 米，树龄已千年，见证着古村的沧桑巨变，因此也被称为“明月湾之魂”，是当地珍贵的文化遗产。延伸至太湖里的古码头，建于清乾隆二十一年（1756），以前是村里和外界沟通的主要水上通道，今天虽然水上交通的作用不大了，却是游

人观赏太湖落日的绝佳之地。村内古老的石板街蜿蜒曲折，相映两旁的古老房子，勾勒出江南水乡、太湖岛屿村落的独特韵味；裕耕堂、礼和堂、瞻瑞堂、黄氏宗祠、邓氏宗祠等古老的江南精美建筑无不诉说着这个古老村落的历史辉煌。大诗人白居易、皮日休、陆龟蒙等都曾到此，留下了赞美明月湾的诗作。皮日休有《明月湾》题咏："试问最幽处，号为明月湾。"由此，明月湾得了"太湖最幽处"的名号。陆龟蒙和皮日休的同名诗中，也提到"择此二明月，洞庭看最奇"。可见诗人们对明月湾评价之高。

西山岛上还有很多隐藏在各个角落里的景点，如石公山、禹王庙和东村、植里、堂里、涵村等古村。西山岛果茶物产也如同东山半岛一样非常丰富，这里是中国重要的柑橘产地之一，柑橘品种繁多，以早熟、优质、高产而闻名全国；这里产的枇杷非常甜糯可口，而且成熟后黄中带点青色，名为青种枇杷，广受人们的青睐。"美丽的太湖，迷人的西山"，当你踏上这片美丽的岛屿，定会被她深深地吸引。

▲ 西山植里（朱剑刚　拍摄）

# 石公山

## 石公山

◎明·王鏊

石公幽处无来迹，
亦有人家散阡陌。
我船欲开还不开，
爱此孱颜苍雪色。

**旅游路线**

归云洞→断山亭→来鹤亭→御墨亭→浮玉北堂

石公山位于西山岛的东南段，三面环水，一面背倚崇岭，远观似一灵巧精致的山水盆景。满山翠柏葱郁，如青螺浮水，似碧玉浮湖，山衬水映，美景天成。石公山海拔约50米，然而山不在高，在乎其"怪"，明代文学家袁宏道曾赞道:"西洞庭之山，高为缥缈，怪为石公……石公之石，丹梯翠屏……此石之胜也。"

▲ 石公山全景（朱剑刚　拍摄）

据说从前山下傍水处有两块奇石，形如一对老翁和老妇，称为石公、石婆，故而名为"石公山"。农历九月十三日傍晚，月升东方，红日西下，月如朝阳，夕阳如血，霞光万道，满湖碧金，在此可同时看到日落水面、月升东方的天象奇观，这便是著名的石公"日月双照"景观了。美丽的石公山景区，真的是环境幽雅，青山绿水，婉约秀美！

王鏊（1450—1524），字济之，号守溪，晚号拙叟，学者称震泽先生，吴县（今江苏苏州）人。明代名臣、文学家。16岁时国子监诸生即传诵其文，成化十一年（1475）进士，授编修。弘治时历侍讲学士，充讲官，擢吏部右侍郎。正德初进户部尚书、文渊阁大学士。博学有识鉴，著有《姑苏志》《震泽集》《震泽长语》。

这首诗为七言绝句。诗的前两句“石公幽处无来迹，亦有人家散阡陌”，写石公山上幽静的地方似乎没有行人的足迹，但是山下有人家散在田间南北通行的道路两旁，描绘出了太湖西山岛石公山周边的环境。诗的后两句“我船欲开还不开，爱此孱颜苍雪色”中，“孱颜”指高峻的山岭，“苍雪色”指青灰色，这两句意思为坐船来游石公山，船要开了但是我们还不愿离开，主要是喜欢这里高峻的山岭和青色石灰质翠石，给人以满目苍翠的色彩。石公山的东麓有青色石灰质翠石一片，平坦如砥，倾斜入湖，径数百步，可容千人。《苏州府志》等史志记载，因吴王夫差与西施玩月于此，遂命名为“明月坡”，是春秋时代的古迹。秋天，每当明月之夜，湖涛击石，波光闪烁，此为西山岛著名胜景“石公秋月”。

▼ 明月坡（朱剑刚　拍摄）

整首诗写了石公山幽静的环境和周边的人家，在西山岛上登上石公山可以望见茫茫太湖，让人忘却世间的烦恼，所以诗人迟迟不愿离开。

石公山属于石灰岩低丘，以石头为主要特色，“石有族聚，太湖为甲”，宋代闻名天下的“花石纲”就于此地采石，并留下了“联云障”等遗迹。山上柏树居多，三面临水，岩石奇秀，翠柏葱郁。

石公山上的亭台楼阁高低错落，轩树桥廊疏密有致。山腰南部有四角飞翘的御墨亭，因中置清世祖顺治御书“敬佛”石碑而得名，成为镇山之宝，“御墨亭”三字由溥杰所书。归云洞相传由唐代诗人白居易、陆龟蒙、

▲ 归云洞（朱剑刚　拍摄）

▲ 来鹤亭（朱剑刚　拍摄）

皮日休三人结伴寻访而命名，“归云洞”三字为明代严澂草书，洞口有徐纲楷书“读圣贤书，行仁义事，存忠孝心”等摩崖石刻。断山亭为方形，亭柱上镌刻着著名书法家费新我书写的明代王鏊的楹联“山与人相见，天将水共浮”。亭中还有清代张鹏翀的诗句：“石登盘幽曲，孤亭瞰渺茫。傍空无四壁，乘月饮湖光。”相传来鹤亭建亭时，有一群仙鹤从西子湖的放鹤亭飞来，见到青山绿水，便栖息宿夜，故亭名“来鹤”。亭柱上的对联“虹飞霞际落，鹤舞镜中回”，系著名书画家吴敉木所书。亭位于危岩之上，气势不凡。亭后有一株古柏，苍劲挺拔。悬崖脚下有一方“鹤池”。

石公山有众多石刻，包括归云洞内的历代摩崖石刻，不仅展示了古代书法和雕刻艺术的高度，也反映了当时的社会和文化背景，是太湖地区的重要文化遗产之一，具有重要的历史和文化价值。

▲ 摩崖石刻“云梯”（朱剑刚　拍摄）

石公山也是赏月、观潮的佳处。在农历八月十八日前后，太湖的水面会变得非常平静，只有到了午夜时分才会出现海潮涌动的景象。每年农历八月十八日前后是观赏太湖潮水的最佳时机。

石公山独占太湖最佳观景点，登上山顶，可以俯瞰整个太湖的美景，远处山峦如黛，水天一色，让人心旷神怡。据说，在石公山的西南湖面处可以看到天目山余脉的巍峨起伏，形成岛中有岛、湖中有湖、山外有山、天外有天的壮丽景象。

# 太湖三山

## 古别离

唐·皎然

太湖三山口，吴王在时道。
寂寞千载心，无人见春草。
谁堪缄怨者，持此伤怀抱。
孤舟畏狂风，一点宿烟岛。
望所思兮若何，月荡漾兮空波。
云离离兮北断，雁眇眇兮南多。
身去兮天畔，心折兮湖岸。
春山胡为兮塞路，使我归梦兮撩乱。

**旅游路线**

三山码头→旧石器遗址→板壁峰→狮身人面石→十二生肖石→“四世同堂”奇石→明清建筑群→吴妃祠→三峰寺→蓬莱亭

▲ 三山岛全景（朱剑刚　拍摄）

三山岛是太湖中的小岛，因一座岛有三座山峰相连，所以名为三山岛，又名笔架山、小蓬莱、金龟山。三山岛的三座山峰分别是北山、行山和小姑山。这里有距今一万余年、被称为“三山文化”的旧石器时代遗址，有哺乳类动物化石遗存。三山岛空气清新，民风淳朴，是包罗吴中山水、太湖景色的胜境。

▲ 太湖蓬莱

皎然（约 720—约 795），俗姓谢，字清昼，湖州（今属浙江）人，唐代著名的诗僧。自称谢灵运的十世孙。皎然早年杂学儒、墨，颇恃才自负，应试不第，遂漫游江湖，多才多艺。后隐庙霅溪，皈依佛教，从杭州灵隐寺僧守直受戒。复居湖州杼山妙喜寺。他不但对佛学、茶事、茶理、茶道都有深刻研究，在中国文学史上留下了几百首名篇佳作，而且琴棋书画样样精通，是一位难得的全才。

这首诗被收入郭茂倩的《乐府诗集》，属“杂曲歌辞”。诗的开头四句为：“太湖三山口，吴王在时道。寂寞千载心，无人见春草。”三山岛由于地处苏、浙两省交界这一特殊地理位置，故有“吴王在道时，俗称三山门”的说法。这里处于茫茫太湖之中，人烟稀少。接下来的四句为：“谁堪缄怨者，持此伤怀抱。孤舟畏狂风，一点宿烟岛。”诗人心中感到悲伤、哀怒，乘坐孤舟，担心狂风大作，夜宿在雾气弥漫的小岛。“望所思兮若

▼ 三山岛的板壁峰（朱剑刚　拍摄）

何，月荡漾兮空波。云离离兮北断，雁眇眇兮南多”这四句写诗人心有所思，但是眼前看到的只有水中月色荡漾，天上云彩飘荡、大雁南飞。最后四句“身去兮天畔，心折兮湖岸。春山胡为兮塞路，使我归梦兮撩乱”写身体远在天边而心却在湖岸碎裂。春山为何堵塞了归家的路，使归去的梦难以实现？整首诗写出了离家外出的人与亲人的离别之痛。

三山岛是游人饱览吴中山水、太湖景色的绝佳之地。据说岛上曾有十景之胜，如今尚有不少古迹较好地保存了下来。岛上有 30 余幢明清建筑，并有板壁峰、十二生肖石、龙头山、金鸡石、狮身人面石等怪石奇景，以及吴妃祠等古迹。

三山岛是“吴地文化一万年”的印证。1985 年，考古队在此发现并挖掘出 1.2 万年以前的旧石器和古脊椎动物化石，说明在距今一万多年前，三山岛上就有人类活动的踪迹，它被称为“三山文化”。这证明了太湖流域同样为中华民族的发祥地。同时，大量远古动物化石群的发现，为太湖成形、三山的历史提供了重要的依据。历史上认为太湖是“潟湖”的说法受到了冲击，这引发了考古学界更深入的科学研究。

三山岛上除了有动物化石，历来还以奇石怪石众多而著称。三山岛是太湖石原产地之一，有“吴中第一峰”板壁峰、狮身人面石、十二生肖石等，还有“花石纲”采石场遗址，以及在石峰上临空而建的蓬莱亭。众多奇石中有一块叫作“四世同堂”，它由距今约 3.6 亿年、2.8 亿年、0.8 亿年、0.4 亿年的四种不同颜色、不同质地的岩石组成，色彩斑斓，颜色各异，是研究岩石成因及接触关系的巨石标本，也是太湖成因的一个重要证据。

▲ 狮身人面石（朱剑刚　拍摄）

▲ 十二生肖石（朱剑刚　拍摄）

三山岛虽是太湖中的一个小岛，但这里也曾繁华过。历史上一直作为太湖驿站供往来船只休息补给，遗存了许多古村落、古建筑。清代诗人吴庄这样描述："烟水漾中分聚落，居然蓬莱在人寰。"在烟波浩渺的太湖小岛上，当时的人们宛如居住在仙境里一般。这些古建筑多为明清两代建造，分布于岛上的5个自然村，至今仍保留完好的有33幢明清建筑，其中清俭堂、师俭堂、九思堂、荆茂堂等规模大、品位高，具有很高的历史文化、建筑工艺和旅游价值。

三山岛古村落的宗教资源也很丰厚，古有寺、庙、庵10座，如吴妃祠、关帝庙、清泉庵等，部分已废，但遗迹尚存。目前修缮恢复的有吴妃祠、三峰寺等。吴妃祠中供奉的是"姑皇圣母"，据说是春秋时期吴王阖闾的公主胜玉。这座祠也被当地人称为"娘娘庙"，因能祈求出行太湖渔民的安全而香火鼎盛。关于吴妃祠，也有传说是西施的水冢。

三峰寺掩映在葱郁的树林之中，规模较小，曾被媒体称为"苏州最孤独的禅院"。明代曹熙《三峰寺庄田记》云："三峰古刹也，四面皆平湖……是山屹乎其中，孤绝而巧，世人呼为小蓬莱……胜概甲吴中。"寺庙干净简朴，让人倍感清净、放松。

三山岛有得天独厚的自然地理环境，气候温和，四季分明，山苍水碧，风景优美。它宛如太湖中一颗璀璨的明珠。清代张大纯用"三山岚影泛波光"来描绘三山岛，秀美的湖光山色与其间的人文古迹相映生辉，俨然一幅美丽的江南山水画卷。

# 渔洋山

## 自米堆山下行至上阳村钱家磡望湖中渔洋法华诸山

清·王士祯

杖策信忘疲，行行画图里。崎岖下云壑，苍茫望烟水。
石径何盘纡，疏篱照落蕊。寥落重湖滨，柴门数家市。
居人太古风，但解数鸡豕。语我种植法，敦朴有奇理。
虽非角里俦，颇谓桃源比。逶迤到湖漘，浩渺叹观止。
震泽控三江，波澜此方始。法华表东陲，渔洋正相似。
烟雨春空蒙，峰峦暮俶诡。昨朝梵天阁，远眺如隐几。
岂知方丈山，忽落芒鞋底。欲乞五湖长，垂钓将已矣。

### 旅游路线

状元石径→昙花庵→四面观音殿→郑旦墓→董其昌墓→望湖亭→渔洋阁→索道下山

渔洋山位于苏州城西太湖之滨，三面临湖，形如鳌首，东接胥口古镇，北对光福邓尉、玄墓、大小贡山，南望东洞庭山，西扼西洞庭山。渔洋山是伸向湖心的一个半岛，山势绵延，景观有湖荡、山坞、岛屿、溪水、森林、古井、奇石等。渔洋山由渔洋、法华、钵盂、黄茅诸山，以及姚家岭、谢家岭、马公山、野猫涧、昙花坞、法华坞、清华坞等组成，总面积约 11 平方千米，主峰高 171 米。清代诗人王士祯轻舟入太湖、至光福，远眺渔洋、法华诸山，感触其湖光山色的秀丽，故作此诗。

▲ 渔洋山全景（朱剑刚　拍摄）

王士祯（1634—1711），原名王士禛，字子真，一字贻上，号阮亭，又号渔洋山人，世称王渔洋，新城（今山东桓台）人。清初诗人、文学家、诗词理论家。王士祯为清顺治十五年（1658）进士。康熙四十三年（1704）官至刑部尚书，颇有政声。王士祯论诗创“神韵说”，突破正统文坛和文人偏见，重视和高度评价小说、戏曲、民歌等通俗文学、文体。他的主要成就在诗文创作与理论方面。年轻时为钱谦益赏识，继其后主盟诗坛。著有《带经堂集》。

顺治十七年（1660），王士祯赴扬州任推官，当时仅 27 岁。第二年正月，到苏州，舟入太湖至光福，宿玄墓圣恩寺，欣赏到太湖秀丽的湖光山色，为自己取别号渔洋山人。这次游吴王士祯共写了 60 多首纪游诗，名

《入吴集》，他在自序中叙述了别号的由来："渔洋山在邓尉之南，太湖之滨，与法华诸山相连缀……宿圣恩寺还元阁上，与是山朝夕相望，若有夙因，乃自号渔洋山人云。"

这首诗是《入吴集》中的一首。米堆山在玄墓山的南面，高耸入云，如米堆起，故名。渔洋山在米堆山的南面，法华山东面连着渔洋山。这首诗写出了诗人游历米堆山、上阳村等地时的所见所感，通过自然景观的描写和对当地居民生活的观察，展现了诗人对自然美的热爱和对田园生活的向往。

这首五言古诗写得清新自然，与陶渊明诗的风格相似。诗的开头四句"杖策信忘疲，行行画图里。崎岖下云壑，苍茫望烟水"写诗人拄着手杖前行，忘记了疲惫，仿佛行走在一幅画卷之中。山路弯弯曲曲，下行至云雾弥漫的涧谷，远望烟波浩渺的太湖一片苍茫。接着四句"石径何盘纡，疏篱照落蕊。寥落重湖滨，柴门数家市"，意思是山间小路曲曲折折，山中人家的竹篱上落花缤纷。眼前太湖一望无垠，柴门处有数家集市。"居人太古风，但解数鸡豕。语我种植法，敦朴有奇理"，意思是这里的居民保持着古老的生活方式，他们计算家中的鸡和猪的数量，跟诗人讲述农作物的种植方法，言语简单却蕴含着深刻的道理，表现了诗人对农耕文化的尊重。"虽非角里俦，颇谓桃源比。逶迤到湖漘，浩渺叹观止"中的"角里俦"指像角里先生一样的隐士。角里先生是秦末避乱隐居商山的"商山四皓"之一。诗句的意思是他们虽然不是隐士，但是这里与陶渊明描绘的桃花源相似。山势逶迤到太湖边，太湖又是浩渺无比，让人叹为观止。"震泽控三江，波澜此方始。法华表东陲，渔洋正相似"中，"震泽"就是太湖的别称，"三江"指发源于太湖的东江、娄江和吴淞江。诗句的意思是太湖控制着三条江的流向，对于周围水域的影响很大。法华山位于东边，渔洋山的景色与法华山非常相似。"烟雨春空蒙，峰峦暮俶诡。昨朝梵天阁，远眺如隐几"，意思是烟雨蒙蒙中，山峰在暮色中显得格外奇异；昨天朝拜玄墓山中的圣恩寺，远望渔洋山如太湖边可以依靠的几案。诗的结尾四句"岂知方丈山，忽落芒鞋底。欲乞五湖长，垂钓将已矣"中，

“方丈山”指仙山名，这里喻指法华、渔洋诸山。道家谓东海中，有蓬莱、方丈、瀛洲三山，仙人居之。“芒鞋”指草鞋，登涉游历所着。“五湖长”源自《晋书·桓玄传》:“太元末，（桓玄）出补义兴太守，郁郁不得志，尝登高望震泽叹曰:‘父为九州伯，儿为五湖长。’”五湖即太湖，这里指隐居太湖。“垂钓将已矣”出自王维《青溪》“请留盘石上，垂钓将已矣”，意为将长久垂钓于此。四句诗的意思是没想到登上高处后，渔洋、法华诸山落在自己脚底。但愿自己能隐退江湖，在这里自由自在地垂钓，享受隐居生活。表达了诗人对于摆脱世俗束缚、追求自由生活的渴望。

▲ 从光福远眺渔洋山（朱剑刚　拍摄）

渔洋山又称感恩山，因伍子胥“赠山报恩”的故事而得名。相传伍子胥弃楚奔吴，曾得到一位老渔翁的相救，大破楚军后，伍子胥找到当年曾对他有过救命之恩的老渔翁的后人并带回吴国，妥善安置在离王宫最近的风水宝地，并将该地取名“渔洋山”，此地也形成了独特的“感恩文化”。

渔洋阁坐落于渔洋山顶，是渔洋山的标志性建筑，有着“江南第一阁”的美誉。阁高 27.1 米，呈正体四面八角五层结构，外形类似于龙鳌背着宝塔，与渔洋山的地形相呼应，寓意为“独占鳌头”。渔洋阁共分五层，分别以鳌文化（状元文化）、诗画太湖、渔洋溯踪、玉钟祈福等为主题。阁中有金玉踏鳌观音、堪称漆雕之最的《洞庭两山图》以及景德镇烧制的最大瓷版画《渔洋诗韵》等“镇阁之宝”。

渔洋阁也是观赏太湖美景的最佳位置之一。站在渔洋阁之上，可以俯瞰整个太湖的美景，感受太湖的壮丽和宁静，“中国内湖第一长桥”——太湖大桥和周围的群岛美景一览无余，远处的山峦和近处的湖面都尽收眼底。

位于渔洋阁西侧百米处的望湖亭，亦可观太湖美景，该亭为明代万历年间所建。亭中有一方“太湖全图”石刻，以阴线雕出七十二峰方位，并标注“包山”“洞庭山”等古称。

昙花庵始建于南宋，隐于渔洋山北麓的幽谷之中。庵内最负盛名的明刻观音菩萨碑为明代高僧憨山大师亲笔所书，碑身高 2 米，以整块青石雕琢而成。碑面观音像法相庄严，衣袂飘逸，周围环绕“梵文六字真言”与“十八罗汉渡海图”，线条遒劲，刀法精妙，被誉为“江南佛雕双绝”。庵内还藏有清代手抄《大藏经》残卷，字迹工整如印，墨香犹存。

▲ 渔洋山坞内昙花庵（朱剑刚　拍摄）

▲ 昙花庵（朱剑刚　拍摄）

始建于南朝梁的四面观音殿，是渔洋山最古老的木构建筑之一。殿内供奉的四面观音像高 3.6 米，檀香木胎贴金，四尊观音像分别朝向东南西北，手持净瓶、杨柳、莲花、经卷，面容慈悲中隐现威仪。据传此像为梁武帝敕造，历经 1500 余年香火，仍可见衣纹褶皱间残留的朱砂彩绘。殿前有一株千年银杏，秋日金叶铺地时，与殿角铜铃清音相映成趣。殿内壁画《观音三十二应身图》为元代画僧所作，虽斑驳褪色，仍能窥见吴带当风的笔意。

郑旦墓位于渔洋山西麓竹林深处，墓碑镌刻“越女郑旦之墓”六字，为明代文人重修时所立。郑旦与西施同为越国献于吴王夫差的“苎萝双姝”，史载其舞姿胜西子，美目流盼可倾国。墓前立有八角石灯幢，相传为吴国遗民感念其忍辱负重之恩所建。墓旁古梅一株，春日白梅如雪，暗香浮动，似在诉说这位传奇女子“以身许国终不悔”的悲壮。

明代书画宗师董其昌墓坐落于渔洋山东坡，墓道两侧立有螭首龟趺石坊，坊额“玄宰先生之墓”为同时代书法家陈继儒手书。墓前石案上刻有董其昌自题《画禅室随笔》选段，笔意萧散，尽显“南北宗”画论精髓。墓旁建有一座“墨华亭”，亭旁有罗汉松，虬枝如龙，针叶苍翠，与不远处太湖烟波构成一幅天然水墨。每逢秋日，亭畔枫叶如火，与松影相映，恰似其画中“青绿间以赭石”的笔法。

沿山道南行，还可见胭脂瀑，因水花溅石呈淡粉色而得名。相传西施曾在此浣纱，水中矿物质与山花红叶相染，故有此奇观。山间竹海内还有一条叫作状元石径的青石板路，共365级台阶，暗合“一年登科”之意。沿途刻有历代苏州状元诗句，石缝间苔痕斑驳，见证千年文脉。

半山腰有一座茅草顶茶舍渔洋茶寮，专供“碧螺春”新茶。寮前有古井一口，名曰“玉醴泉”，泉水清冽甘甜，用以烹茶可增三分兰花香。

这里还有苏州唯一的空中索道，长达518米，乘坐索道游览渔洋山也是一种独特的体验，可以360°全方位俯瞰美景，欣赏那水光潋滟的太湖、层峦叠嶂的山峰。

渔洋山以“一山一湖一阁”为骨，以“一庵一殿一墓”为魂，辅以历代文人墨客的笔墨浸润，成就了这座“吴中第一灵山”的独特气韵。无论是登阁览胜，还是寻幽访古，都能在此间山水画卷中，感受到历史的温度与文化的脉动。

▼ 从渔洋山远眺太湖大桥（朱剑刚　拍摄）

# 灵岩山

## 游灵岩寺

◎唐·韦应物

始入松路永，独忻山寺幽。
不知临绝槛，乃见西江流。
吴岫分烟景，楚甸散林丘。
方悟关塞眇，重轸故园愁。
闻钟戒归骑，憩涧惜良游。
地疏泉谷狭，春深草木稠。
兹焉赏未极，清景期杪秋。

**旅游路线**

灵岩山寺山门→吴王井→玩花池→响屧廊→灵岩山寺→灵岩塔

灵岩山在古镇木渎西北，一名砚石山，春秋末吴王建馆娃宫于此，相传今灵岩山寺为其遗址。灵岩山怪石嶙峋，松林满山，殿宇雄伟，古塔耸立。山顶有玩花池，一名浣花池，相传西施于此泛舟采莲。还有玩月池，相传是吴王夫差为西施玩月而建。玩月池旁假山上有长寿亭，相传为西施梳妆台遗址。亭西有石墙，相传是馆娃宫宫墙遗迹。

▲ 灵岩山（朱剑刚　拍摄）

▲ 玩花池（朱剑刚　拍摄）

▲ 玩月池（朱剑刚　拍摄）

韦应物（约737—791），京兆万年（今陕西西安）人，唐代诗人。出身世族，少以三卫郎事唐玄宗。安史之乱后，始立志读书。曾任滁州刺史、江州刺史、苏州刺史。后退职，寄居苏州永定寺。世称“韦左司”“韦苏州”。韦应物的诗写景优美自然，于平淡之中道出人所不易表达的感受。诗歌创作成就最高的是五言古体诗，其风格冲淡闲远，语言流畅简洁，在当时及后世均有较大影响。

这首诗以记游的形式，从进入灵岩山，然后游山，到最后不舍离去，诗人娓娓道来，如行云流水一般灵动自然。诗的开头两句“始入松路永，独忻山寺幽”，写诗人刚刚进入灵岩山的山路，就看到茂密的松林遮蔽着长长的道路，不禁欣喜地来到了山中幽静的灵岩寺。接着四句“不知临绝槛，乃见西江流。吴岫分烟景，楚甸散林丘”中，“楚甸”的“甸”指郊外的地方，这里诗人不知不觉中登临了绝壁，终于看到了西面的太湖。诗人极目吴楚大地，看到山峦起伏，云烟穿空，林木茂盛。接着四句诗“方悟关塞眇，重轸故园愁。闻钟戒归骑，憩涧惜良游”写诗人思绪纷飞，似乎感到边塞的遥远，加重了对故园的愁思。诗人是西安人，家乡遥不可及。忽然，听到从灵岩寺中传来的钟鼓之声，提醒诗人该回去了，诗人在山涧休憩，十分珍惜此次游乐。最后四句诗“地疏泉谷狭，春深草木稠。兹焉赏未极，清景期杪秋”，写诗人在山涧稍事休息和游玩后，更加感觉到来灵岩山一趟不虚此行，这里虽然地势偏远，泉谷狭小，但是草木幽深，春色诱人，游玩一趟没有尽兴，下次等到秋天再来欣赏这里的美景吧。这首诗采用写景与抒情相结合的手法，情景交融，自然天成，情因景生，景随情变，将灵岩山和灵岩寺之境描写得令人神往，诗人也由此生发出秋日故地重游的想法。



灵岩山本是春秋时期吴王夫差所建馆娃宫的旧址，据说也是越国献西施的地方。历代诗人多有诗作抒发对馆娃宫、美人西施和吴国破国的感慨。李白曾有《西施》一诗：“西施越溪女，出自苎萝山。秀色掩今古，荷花羞玉颜……”描述了勾践将西施献给夫差，馆娃宫因西施而闻名，夫差因西施而破国的故事。陆龟蒙却在《吴宫怀古》中写道，“吴王事事须亡国，未必西施胜六宫”，一改认为西施红颜祸水的偏见，直指吴王夫差“奢云艳雨”、刚愎自用才是灭国的缘由。馆娃宫中，还有一条颇为传奇的长廊响屧廊，传说因西施穿着木底鞋在廊中轻歌曼舞，发出清脆的声响而得名。“响屧廊中金玉步，采兰山上绮罗身”“廊坏空留响屧名，为因西子绕廊行”“响屧长廊故几间，于今惟见草班班”“屧廊移得苎萝春，沉醉君王夜宴频”……唐皮日休、宋王禹偁、明唐寅、清庞鸣等人对此都有吟咏，既感慨西施红颜薄命，又愤慨吴王昏庸误国。

▲ 观音洞（朱剑刚 拍摄）

今天的灵岩山尚存的吴王遗迹和古迹众多，如吴王井、玩月池、梳妆台、观音洞（又称西施洞）等。山顶花园内，吴王井与智积井两口古井并立。吴王井井栏刻“吴王井”三字，相传西施常对井梳妆，井水映美人，故称“镜井”。智积井为八角形花岗岩井栏，纪念灵

▲ 观音洞外景（朱剑刚　拍摄）



岩山开山始祖智积和尚，井水清洌，千年不涸。玩花池相传为西施赏荷之处，池中荷莲摇曳，夏日花开时，红裳翠盖，暗香浮动；玩月池则小巧玲珑，相传中秋夜西施曾临池玩月。玩月池畔假山之巅，有长寿亭翼然临风。此亭相传为西施梳妆台旧址，亭西残存馆娃宫宫墙遗迹，石墙斑驳，苔痕苍古，似在诉说“吴宫花草埋幽径”的往事。响屧廊以梓板铺地，西施穿木屐行其上，发出回响，故名“响屧”。今廊中虽无木屐声，但廊外修竹婆娑，廊内光影斑驳，仍可遥想当年吴王与西施的嬉戏之景。山上还有巨石如琴，名为琴台，相传为吴王弹琴之处。登台四顾，太湖烟波浩渺，渔洋山若隐若现，琴音虽逝，山水犹记。

灵岩山因吴王遗迹引历代文人感慨，同时也因风景秀丽、灵岩奇绝而吸引众多诗人登临吟咏。灵岩山有“灵岩秀绝冠江南”和“灵岩奇绝胜天台”的美誉。相传，灵岩山更是因“灵芝石”而得名，山上多奇石，旧有“十二奇石”或“十八奇石”之说。若居高临下，则湖光山色尽收眼底，蔚为壮观。明代文徵明登临山顶，眺望太湖，感叹太湖朦胧之美；王鏊与友人携酒登山游览，发出“吴中信是佳山水”的感慨，盛赞太湖好山水。

灵岩山的奇特之处还在于它的佛教丛林。“南朝四百八十寺，多少楼台烟雨中”，灵岩山寺就是这四百八十寺之一。灵岩山寺历史久远，东晋末司空陆玩在灵岩山馆娃宫遗址上修建别业，后捐宅为寺。南朝梁天监二年（503）扩建为寺院，取名秀峰寺，唐代改称灵岩寺。自此高僧辈出，灵岩道场闻名遐迩，历代文人吟咏众多。唐代白居易的《宿灵岩寺上院》等，明代有高启的《灵岩寺》等，清代有吴伟业的《西江月・灵岩听法》等，既描绘了灵岩山烟雨迷蒙、环境清幽之美，又体现出灵岩山寺之巍峨壮观、清净脱俗。



有着1600余年历史的灵岩山寺，几毁几建，现存殿堂主要为印光法师于20世纪30年代重建。一代大师印光法师在此驻锡，创立净土宗寺院及相关制度，并在寺内圆寂，使灵岩山寺名声大振，在佛教界享有很高的地位。该寺东部为多宝塔、钟楼、香光厅等建筑，西部为花园。从灵岩山寺山门步入，门额“灵岩山寺”四字为赵朴初题写，笔力遒劲。寺内松柏参天，香烟袅袅，中轴线上依次排列天王殿、大雄宝殿、念佛堂。天王殿内，天冠弥勒佛像笑迎八方来客；大雄宝殿高25米，释迦牟尼佛像端坐莲台，背后海岛观音壁塑栩栩如生。寺内现存印光法师重建的殿堂，朱漆圆柱与飞檐翘角间，尽显道场的庄严气象。

出大雄宝殿东行，灵岩塔巍然矗立。灵岩塔初建于南朝梁天监二年，历经沧桑，现为七级八面砖塔，挺拔耸立，是灵岩山的标志，凡来游山者莫不在此留影纪念。塔身逐层收分，檐角悬铜铃，风过处清音远送。登塔远眺，北望天平山层峦叠嶂，南望太湖碧波万顷，姑苏城廓与渔帆点点尽收眼底。塔南钟楼悬有巨钟，晨昏撞响，声传十里。

灵岩山，千年吴越风云与山水诗情在此交织。奇石幽井间，西施的传说与吴王的往事若隐若现；松柏钟磬中，佛法慈悲与文人吟咏回荡不绝。登临塔顶，太湖烟波、姑苏城廓尽收眼底；漫步廊间，历史回响与山水禅意悠然心会。灵岩山在时光流转中愈显深邃，令人流连忘返。

# 天平山

## 天平山

明·归庄

石如人立百千群，
处处苍崖飞白云。
山势雄奇产人杰，
荒祠端拜范希文。

**旅游路线**

高义园→范文正公忠烈庙→先忧后乐坊→御碑亭→白云泉→万笏朝天→望枫台→天平山庄

天平山位于苏州城西南，是全国著名赏枫之地。海拔 200 余米，山势高峻，因山顶平正，故名。天平山山势峭峻奇险，古称白云山，又名赐山，系北宋名臣范仲淹先祖归葬之地。明万历年间，范仲淹第十七世孙、福建布政使司右参议范允临未至任归苏，将 380 棵从泉州带回的枫香树苗植于天平山。天平山中部有一股清泉，醇厚甘洌，相传茶圣陆羽品评为“吴中第一水”，白居易赞为“白云泉”。

▲ 天平山全景（朱剑刚　拍摄）

归庄（1613—1673），一名祚明，字尔礼，又字玄恭，号恒轩，又自号归藏、归来乎、悬弓、园公、鏖鏊钜山人、逸群公子等，昆山（今属江苏苏州）人。明末清初书画家、文学家。明代散文家归有光曾孙，书画篆刻家归昌世季子，明末诸生，与顾炎武相友善，有“归奇顾怪”之称。清顺治二年（1645）在昆山起兵抗清，事败亡命，曾一度为僧。善草书、画竹，文章胎息深厚，诗多奇气。著有《归玄恭文钞》《归玄恭遗著》。

▲ 范仲淹像（朱剑刚　拍摄）

归庄的诗质朴明朗。这首诗借景譬喻，寄怀古人。他所怀念的古人就是范仲淹。范仲淹是苏州人，尝游天平山，作《天平山白云泉》诗：“游润腾云飞，散作三日霖。”这里有他读书的地方，还有他的祠堂。这位北宋仁宗年间的参知政事在抵御西夏的侵扰方面曾立下功劳，而他的“先天下之忧而忧，后天下之乐而乐”这一名言尤为后人所宗仰。

诗人归庄游天平山时首先感到这些奇峰怪石气魄的宏伟。他此前早就熟识天平山了，但这次天平山还是给了他新鲜深刻的印象，因为他从巨石的形象联想到范仲淹的胸襟和人格，感受到他的伟大，也就感受到天平山的伟大，是它孕育了这样的人杰。

诗的第一、二句“石如人立百千群，处处苍崖飞白云”写得很壮阔，说巨石像人一样傲然挺立，然后用“苍崖”“白云”做点染陪衬，烘托气势，把天平山的景观特点大略地勾画出来。两句诗描绘了山石的奇特景象，展现出一种雄奇瑰丽的自然风光。后两句“山势雄奇产人杰，荒祠端拜范希文”，在描绘了天平山的壮丽景色之后，转向了对人文历史的描述，一方面赞美了这里的山势雄奇，另一方面提到了荒祠和范仲淹，暗示这里有着丰富的历史文化背景。正是这里的地理环境孕育了杰出的人物，而全诗中心就在“山势雄奇产人杰”一句，使“人杰”“地灵”二者相联系，收到交相辉映的效果，至末句才把“人杰”的代表范仲淹突出表达出来，不但流吐自然，而且诗人的仰止之情也跃然纸上。

明代正德《姑苏志》记载，天平山“视诸山最为峭崒，其林木亦秀润，山多奇石，诡异万状”；“山半有白云泉……南趾有白云寺，范文正公祖墓在焉。其西有笔架峰，其后群石林立，名万笏林”。北宋苏舜钦有《天平山》诗，“清溪至峰前，仰视势飞舞。伟石如长人，聚立欲言语”，描绘了天平山的景观。

▲ 天平山下白云泉（朱剑刚　拍摄）

天平山风景名胜区，以怪石、清泉、红枫三绝著称，有万笏朝天、高义叠翠、万丈红霞、玉泉轻吟等十八胜景，有“吴中第一山”“江南胜境”之美誉，是中国四大赏枫胜地之一。

天平山因山势高峻，唐代称为白云山；后因范仲淹高祖葬于山之东坞，俗称范坟山。范仲淹曾、祖、父三世都被追赠国公，故范坟又叫三太师坟。

天平山有怪石“万笏朝天”，“万笏”比喻奇石嶙峋。传说天平山本乱石横生，势如五虎扑羊、乱箭穿胸，而范仲淹无视风水险恶，将龙脉福地拱手让出办学，自择绝地葬先祖于此。范家先祖落葬之时，电闪雷鸣，风雨大作，惊得满山顽石翻身，成就了“万笏朝天”的石柱奇构。明代唐寅赞其为“千峰万峰如秉笏，崚崚嶒嶒相壁立”。

天平山泉属裂隙泉，含矿物质，水质极佳，大旱不竭。山半有白云泉，味极甘冽。泉旁岩壁刻有书法家费新我所书白居易《白云泉》诗："天平山上白云泉，云自无心水自闲。何必奔冲山下去，更添波浪向人间。"天平山最早知名据说就是缘于唐代大诗人白居易，白居易任苏州刺史时常常在天平山赏景赋诗，他的这首《白云泉》诗让天平山和它的白云泉远近闻名。白云泉在天平山护山奇石一线天前，历代题咏不绝，原有摩崖石刻40余处。

前文提到，明万历年间，范仲淹第十七世孙范允临从福建泉州带回380棵枫香树苗植于山前。这些枫香树历经400多年沧桑，依然根固叶茂，生机盎然。每当深秋时节，枫林经霜，层林尽染。清代袁景澜在《吴郡岁华纪丽》中说道："丹枫烂熳锦装成，要与春花斗眼明。虎阜横塘景萧瑟，游人多半在天平。"当虎阜横塘景色都已经萧条的时候，游人则多在天平山欣赏烂漫的红枫。南社诗人庞树柏更是称赞"晚枫初著霜，靓于越溪女"。

▼ 天平山红枫（朱剑刚　拍摄）

岁月流转，天平山尚存明代古枫130余棵，其老态古朴之姿，亦有一番景致。天平山风景名胜区管理处还种植了3000余株“接班枫”，新老枫交相辉映。天平山的红枫，学名枫香树，叶呈三角状、鹅掌状，有别于其他地方的枫叶，主要特异之处在于其绮丽鲜艳的色彩。由于树龄不同、地势不同，长势有强有弱，又受山体阻挡，所接收的寒气不一样，枫叶的色彩变化有先有后，有深有浅，甚至出现绿丛中一株红的奇观。更有趣的是，在同一棵树的大小枝叶上能呈现出嫩黄、橙红、赭红、血牙红、深红并存的自然景观，似如鲜花争艳，为树冠之花，人称“五彩枫”。望枫台是天平山观枫叶的最佳地点。每当秋日枫红之际，登上此台眺望，四周锦灿，层林尽染，红霞满眼，正是“人入霜林疑仙境，赤橙黄绿五彩中”。深秋时节观天平山红枫，成为代代相习的民俗活动。

天平山人文景点众多，有与范仲淹相关的范文正公忠烈庙、范仲淹纪念馆、范氏祖茔、高义园、先忧后乐坊，有与乾隆皇帝有关的御碑亭、御道，有素有“山地园林建筑之典范”之称的天平山庄，还有传说中文人雅集的芝房……

▲ 高义园（朱剑刚　拍摄）

天平山作为一座江南名山，其奇特的自然景观和独步的人文景观水乳交融，造就了名闻遐迩的天平胜景。

▲ 御碑亭（朱剑刚　拍摄）

# 穹窿山

## 望穹窿山

◎明·吴宽

我昔闻吴谚，阳山高抵穹窿半。
壮哉拔地五千仞，始信吴中有奇观。
铜坑邓尉作屏扆，天平灵岩当几案。
其间法华与雅宜，水边横亘如长岸。
何人著山经，宜作吴山冠。
但嫌地势高，山家每忧旱。
舟行半日青已了，却被浓云忽遮断。
水回路转二三里，依旧诸峰青历乱。
人云山顶百亩平，合结茅庐倚霄汉。
龙门胜迹未遑游，坐向船头先饱看。

旅游路线

孙武苑→朱买臣读书台→乾隆御道→宁邦寺→上真观→望湖园

穹窿山在苏州城西南，跨吴中区光福、木渎和胥口三镇。山势高峻，主峰箬帽峰海拔341.7米，为苏州诸山之冠。穹窿山拥有丰富的自然资源，拾级而上，步移景易，或苍松翠竹，或泉水潺潺，环境极为清幽静谧。

吴宽（1435—1504），字原博，号匏庵，苏州府长洲县（今江苏苏州）人。明成化八年（1472）状元，授修撰，侍讲东宫。明孝宗时迁左庶子，官至礼部尚书。为人宽行高洁，不为激矫，而自守以正。博览群书，擅长书法，工诗。有《匏翁家藏稿》。卒于任，谥文定。

这首诗写诗人乘舟游穹窿山时的所见所感，诗的体裁是古风，写得通俗易懂，富有节奏感。开头两句“我昔闻吴谚，阳山高抵穹窿半”就引用俗谚：“阳山万丈高，不及穹窿半截腰。”阳山在苏州西北，又称余杭山、万安山、四飞山等，海拔338.2米，仅次于穹窿山。因其呈南北横断走向，山的东面朝阳，山的西面朝阴，故名阳山。接着两句诗“壮哉拔地

▼ 穹窿山（朱剑刚　拍摄）

五千仞，始信吴中有奇观”中，“拔地五千仞”用夸张手法极写穹窿山的高。从“铜坑邓尉作屏扆”至“山家每忧旱”八句诗，通过比较描写穹窿山被光福邓尉和木渎天平、灵岩、法华、雅宜诸山俯伏环围的情形。“铜坑邓尉”是两座山，即铜坑山和邓尉山，“屏扆”意为屏风。“山经”是《山海经》的一部分，主要记载上古的诸山。这几句诗的意思是穹窿山以邓尉山和铜坑山的山势作为屏障，如同屏风一样守护着这片土地。穹窿山以天平山和灵岩山作为桌案，平坦而广阔，供人们休憩使用。法华山和雅宜山如同长长的河岸，在水边地带提供给人们丰富的自然资源和美景。对照《山海经》中的“山经”，还是穹窿山宜为吴地山脉之冠。吴地人似乎担心穹窿山太高，是否有干旱的可能，实际上还是写穹窿山的高。

接着两句诗“舟行半日青已了，却被浓云忽遮断”，写诗人舟行来访名山，半日里饱览苍翠的山色，却由于山太高，浓云遮住了山峰，未能见

得全貌。接着四句“水回路转二三里，依旧诸峰青历乱。人云山顶百亩平，合结茅庐倚霄汉”表明诗人没有登山，而是沿回环的水路绕山而行。山顶是否如人所说有百亩之地，可以在高耸入云的峰顶结庐隐居。最后两句“龙门胜迹未遑游，坐向船头先饱看”中“未遑”是没时间顾及之意。诗人虽然还没有登山观赏胜迹，可是一路上在船头已经饱览山色，获得了美的享受。这首诗重点写穹窿山之高，使人向往登上此山，感受“一览众山小”的意境。

穹窿山不但气势雄伟，而且风光旖旎，“云来山更佳，云去山如画。山因云晦明，云共山高下”。不论晴天、雾天、雨天、雪天，都景色宜人，各有特色，印证了吴宽诗中的描述：“舟行半日青已了，却被浓云忽遮断。水回路转二三里，依旧诸峰青历乱。”



穹窿山山道蜿蜒盘旋。全长 12 千米的盘山公路直达山顶，贯穿各个景点，著名景点有孙武苑、朱买臣读书台、望湖园、上真观、宁邦寺、玩月台等。

▼ 朱买臣读书台（朱剑刚　拍摄）

乾隆御道全长约2000米，这条山道可通达上真观、望湖园、三茅峰等景点。清康熙、乾隆两帝游览穹窿山时走的就是这条山道，故被称为“乾隆御道”。

苏州诸山多有御道，比较著名的有上方山御道、天平山到花山的御道、灵岩山上山御道和寒山岭的御道。穹窿山御道和其他御道不同之处在于，一般的御道路面常用青砖竖砌成“人”字形花纹，寓意过路者是“万人之上”的君主，而穹窿山上的御道就用山石铺成。究其原因，在于这条山道早在宋代就已经砌筑，路面平坦，行走方便，即便骑马上山也不成问题，因此，即使在乾隆巡游浩繁的迎驾过程中，山道也仅是加以修缮，并非重修。

望湖园是穹窿山的山顶花园，占地60亩。乾隆皇帝六下江南，六次来穹窿山，每次都会到上真观祈福，然后到山顶眺望太湖、领略风光，此处故得名“望湖园”。望湖园内有望湖亭，中心保存着一块石碑，上面镌刻着乾隆曾经在此放眼江山时留下的赞诗：“震泽天连水，洞庭西复东。双眸望无尽，诸虑对宜空。三万六千顷，春风秋月中。五车禀精气，谁诏陆龟蒙。”

穹窿山主峰箬帽峰东南山谷称茅蓬坞。半山腰有茅蓬寺，创建于唐会昌六年（846），相传为朱买臣故宅。今存盘石一方，上有明正德四年（1509）都穆题刻“汉会稽太守朱公读书之处”十一个大字。这里是中国古代五大名台之一——朱买臣读书台。读书台是一块纯粹天然的石块，无任何人工修饰的成分。穹窿山是西汉名臣朱买臣的故里，朱买臣在这里苦读，大器晚成，终得显贵。相传朱买臣做樵夫时，虽然贫苦，但是不改读书之志。他边劳作边读书，怕人嘲笑，书册都藏在山中，不带回家去，这就是地名“藏书”的来历。朱买臣读书十分刻苦，即使在担柴路中，也一边走一边念书，这就是所谓的“负薪读书”。后来，“负薪读书”同李密“牛角挂书”、匡衡“凿壁偷光”、车胤“囊萤夜读”的故事，一起被视作我国古代名贤勤奋读书最有代表性的例子。

穹窿山是吴中道教名山，山中有上真观。坐落在三茅峰的上真观，是吴中著名道教宫观，相传神仙赤须子采石脂于此。上真观是苏州海拔最高的道观，也是江南最大的道教中心，享有“江南第一观”美誉。后不幸被毁。为重现上真观的辉煌历史，20 世纪 90 年代穹窿山风景区启动了重修工程，先后修缮了观内的三清阁、财神殿等主要建筑，并完善了相关旅游配套设施。

穹窿山二茅峰上坐落着一座古寺——宁邦寺。据史料记载，该寺始建于梁代，称“海云禅院”。重建于南宋绍兴十二年（1142），当时抗金名将岳飞被秦桧谋害后，名将韩世忠看破朝廷的腐败，隐居在苏州的沧浪亭，他的部将也随之在此剃发修行，出家隐居。他们虽然离开了朝廷，但还是心系国家，于是把“海云禅院”改名为“宁邦寺”，希望国家和平安宁。



▼ 上真观（朱剑刚　拍摄）

▲ 宁邦寺（朱剑刚　拍摄）

▲ 孙武苑（朱剑刚　拍摄）

穹窿山还是兵家圣山，据说兵圣孙武曾经隐居于此，写成兵家圣典《孙子兵法》。这是一个千古之谜，一个 20 多岁、从未有过战争实践的年轻人，何以能对战争进行近乎终极的思考？孙武已经把战争提升到思想和艺术的高度来思考了，难怪《孙子兵法》被尊为经典中的经典。

今天，穹窿山风景区正在打造“天下第一智慧山”，以自然生态资源为基础，以孙子文化、宗教文化、皇家文化、休闲文化为补充。作为太湖第一名山，期待穹窿山迎来世人更多的瞩目。

# 邓尉山

## 雨中元墓探梅

◎清·宋荦

探梅冒雨兴还生，石径铿然杖有声。
云影花光乍吞吐，松涛岩溜互喧争。
韵宜禅榻闲中领，幽爱园扉破处行。
望去茫茫香雪海，吾家山畔好题名。

旅游路线

闻梅馆→香雪海摩崖石刻→梅花亭→梅林步道→半山廊→吾家山观景台

苏州光福镇的邓尉山、玄墓山是著名的赏梅胜地。元墓即玄墓，因清代避康熙（玄烨）讳，玄改作元。吾家山即马驾山，亦称朱华山，东邻邓尉山，西傍铜坑山，南为潭山。清代学者汪琬《游马驾山记》云：“前后梅花多至百许树，芗香蓊勃。落英缤纷，入其中者，迷不知出。”康熙三十五年（1696），时任江苏巡抚的宋荦冒雨到光福赏梅，遥望吾家山梅花之盛，欣然提笔，写下了这首诗，诗后诗人自注：“余于吾家山题‘香雪海’三字。”宋荦题的“香雪海”三字，后镌于石壁。该诗题为“雨中元墓探梅”，因邓尉、玄墓相连，探梅地实为邓尉山处。

宋荦（1634—1713），字牧仲，号漫堂，又号西陂，别号绵津山人，商丘（今属河南）人，清代诗人。曾任江苏布政使，后官江苏巡抚。在吴十四年，后升吏部尚书。为官清廉正直，被康熙帝誉为“清廉为天下巡抚第一”。宋荦推崇宋诗，尤好苏轼。著有《绵津山人诗集》。

▲ 香雪海梅花亭（朱剑刚　拍摄）

诗的首联“探梅冒雨兴还生，石径铿然杖有声”点出冒雨探梅，别有兴致；“铿然杖有声”从苏轼《东坡》中的“自爱铿然曳杖声”诗句化用而来，意为诗人在石径小道上拄着拐杖发出铿然有力之声。颔联“云影花光乍吞吐，松涛岩溜互喧争”写路上所见。云影的移动使得投射在梅花上的光线不断变化，“乍吞吐”三个字将这种光影的动态变化表现得十分生动，仿佛云影和花光在互相嬉戏、捉迷藏，梅花在云影的遮掩下时隐时现，展现出一种灵动的美。松涛阵阵，泉水潺潺，两种声音相互呼应、相互争鸣。诗人营造出一种充满生机和活力的氛围，从侧面烘托出探梅时周围环境的清幽与壮阔。颈联“韵宜禅榻闲中领，幽爱园扉破处行”，诗人先写出梅花最适宜禅房静对，在闲静之中领略梅花的韵味，再写自己更喜欢在园中少有人至、略显荒僻的角落中行走赏梅，更能感受到自然的本真和静谧，远离尘世的喧嚣，体现出一种清幽、雅致的赏梅意境。尾联“望去茫茫香雪海，吾家山畔好题名”形象地描写了梅花盛开时如同茫茫白雪的壮观景象，表达了诗人在欣赏这美丽景色时的感慨，认为这个美丽的地

▼ 香雪海梅花盛开（朱剑刚　拍摄）

▲ 光福镇（朱剑刚　拍摄）

方非常适合题诗纪念。诗人到此赏梅，正值梅花盛开，被眼前的景象所启发，吟诵出了这句诗。当地官员立即送上墨宝，宋荦便欣然提笔写下了“香雪海”三个字，从此“香雪海”成为苏州赏梅的一个著名景点。清代学者冯桂芬所纂同治《苏州府志》卷六记载，吾家山“山不甚高，四面皆树梅”。整首诗写出了诗人雨中赏香雪海梅花的欣喜之情。

玄墓山与邓尉山系同一山脉，民国《光福志》记载：“邓尉、元墓，本一山二名，山之阴在光福者称邓尉，山之阳郁太元（泰玄）墓在焉，曰元墓。”

光福邓尉山是古代著名的赏梅之地，无论是在古代山水风景旅游史上还是在梅文化发展史上，都久负盛名，为江南四大赏梅胜地之一。江南四大赏梅胜地，分别是苏州香雪海、南京梅花山、杭州超山和无锡梅园。香雪海赏梅历史悠久、花事盛大。据说，在2000多年前的西汉，香雪海的百姓就开始种梅了，东汉大司徒邓禹在此隐居时，山中已是“路入冰霜窟，寒香袭客衣”了。邓尉山因邓禹隐居此山而得名，两峰相连，习惯上称北峰为邓尉，南峰为玄墓，光福探梅之地主要为这两处。后来本地人以种梅为业，遂成风气。宋元之后，更是隙地遍地种梅，蔚然如雪海。山里种梅者，十中有七。所以在光福有“望衡千余家，种梅如种谷”之说。山间路边梅树成林，屋前屋后梅花点点，日久天长形成了“邓尉梅花甲天下”的胜景。

清代龚自珍《病梅馆记》写道：“江宁之龙蟠，苏州之邓尉，杭州之西溪，皆产梅。”可见，苏州邓尉山梅花名声之大。明代法杲《玄墓看梅花》、申时行《光福看梅舟行遇雪纪兴》，清代王士祯《邓尉竹枝词》、张诚《光福里探梅》等诗中均有提及。其中明代文人姚希孟在《梅花杂咏》一文中说：“梅花之盛，不得不推吴中，而必以光福诸山为最。”清代诗人孙原湘有诗《雨中自邓尉至潭山下看梅》云：“入山无处不花枝，远近高低路不知。贪受下风香气息，离花三尺立多时。”

探梅访梅的人群中，除了文人墨客、四方名流，也有帝王身影。康熙三次、乾隆六次来到香雪海，驻足闻梅馆，赏梅，品茶，也留下了大量诗作。相传，乾隆有 5 首诗镌刻在石碑上，立于香雪海，目前仍存有一块御碑，立在梅花亭西侧。

香雪海有数百亩梅林，梅花品种繁多，以千叶重瓣白梅为主，红梅、绿梅、紫梅、墨梅等应有尽有，形成登楼观梅、入园探梅、进廊揽梅、登山赏梅四大赏梅景点。

光福香雪海，一脉梅香穿越两千年风霜，早已超越了单纯的自然景观，成为江南文化中一抹隽永的诗意符号。当春风再临邓尉山，百亩梅林如雪浪翻涌，红萼白蕊间，仿佛可见历代探梅人的身影——他们踏雪寻芳、吟诗题咏，将梅花的清姿傲骨化作中华美学中永恒的芬芳记忆。

# 蟠螭山

## 石壁

清·汪芑

憨公栖隐处，山背精舍辟。
峭壁疑削成，晴耸太古碧。
茶烟扬禅榻，竹色照岸帻。
空翠不可扪，清寒落几席。
夕阳半岭秀，云气全湖白。
翛然埃壒外，高吟愧谢客。

**旅游路线**

永慧禅寺→石壁摩崖石刻群→古楠树→憨山台摩崖石刻→观湖亭→江寒汀衣冠冢

石壁是太湖之滨的名胜，位于光福镇蟠螭山巅，山形陡峭，兀突湖中，三面临水，又称“石壁窝”。山顶有石壁精舍，称“永慧禅寺”，建于明代嘉靖年间，为憨山大师结茅之地。庙内摩崖石刻甚多，大多为明清以来名人探梅览胜的即兴题咏。庙前有望湖台，临湖眺望，渔帆点点，水天一色。山上并有蜂腰石、白龙泉、憨山泉、饮绿井等景点。

▲ 蟠螭山全景（朱剑刚　拍摄）

汪芑，生卒年不详，字燕庭、增生，吴县（今江苏苏州）人，清代诗人。汪芑在清代同治年间曾在书画家潘遵祁家中担任馆职，后来又在沪北鸿文书局担任校勘文字的工作。汪芑在社交方面十分活跃，他与当时的许多文人、学者如王韬等都有交往，并且参与了诸如冶春社、消夏社、延秋社、款冬社等文人社团的活动。他擅长诗词和书法，被人们称为“盘溪才子”。著有《茶磨山人诗集》。

这首诗开头四句“憨公栖隐处，山背精舍辟。峭壁疑削成，晴耸太古碧”点明了石壁庙的由来，写出了石壁的气势。高僧憨山德清栖息在此结庐，石壁精舍偏僻幽静。蟠螭山山势陡峭，如刀削出一般，晴天里山色苍翠，高耸入云。接着四句“茶烟扬禅榻，竹色照岸帻。空翠不可扪，清寒落几席”描写了禅榻附近煮茶的烟雾轻轻飘扬的画面，给人一种闲适、淡雅之感，体现出禅院生活的宁静与恬淡。竹子的颜色映照在头巾上，竹色的清新与戴头巾的文人形象相融合，增添了一种高雅的气息。天空中那一片空明的翠色无法触摸，清冷的感觉落在几案和席子上，让人感受到一种远离尘世喧嚣的空灵与寂静，写出了山寺的清幽。“岸帻”指覆于额、向上掀起、露出前额的头巾。“几席”指几和席，为古人凭依、坐卧的器具。最后四句“夕阳半岭秀，云气全湖白。翛然埃壒外，高吟愧谢客”描绘了夕阳映照在半山岭上的秀美景象。夕阳的余晖洒下，使得山岭的一部分被照亮，显得格外秀丽，可能是山体的轮廓、山上的植被等在夕阳下呈现出独特的光影效果。湖面上弥漫着白色的云气，云气笼罩着整个湖面，让湖水看起来白茫茫的一片，营造出一种空灵、静谧的氛围。“翛然埃壒外”中“翛然”表示自由自在、无拘无束的样子，“埃壒”指尘埃、尘世。诗人仿佛超脱于尘世之外，处在一种非常闲适、自在的状态。诗人无拘无束，诗兴大发，可高声吟诗的时候，却又自愧不如南朝山水诗人谢灵运的清越。谢灵运，小名客儿，世称谢客。

这首诗营造了一种宁静、悠远且略带超脱尘世之感的意境。夕阳下的山岭与被云气笼罩的湖面构成了一幅美丽的山水画卷，诗人置身于此景之中，感受到自身的超脱，同时又在自己的诗歌创作方面自谦地与前代诗人谢灵运进行比较，体现出诗人对自然美景的欣赏和对文学传统的尊重。

清代另一位诗人顾汧也写过一首《石壁》:“石台踞坐晚风清，落日烟波钓艇横。 七十二峰收一望，凭虚直欲驾天鲸。”诗人登上石壁憨山高僧的讲经台，远眺太湖，七十二峰尽收眼底，感觉自己“凭虚御风，羽化登仙”，写出了蟠螭山的险峻和临太湖所见的浩瀚之景。

苏州蟠螭山位于西碛山之南，俗称南山，是太湖七十二峰之一。它的名称源于其形状，俯瞰时像一条蜿蜒游弋在湖滨的无角龙，因此被称为蟠螭山。蟠螭山呈曲尺形，南北走向，长约 1000 米，最宽处约 200 米，有南北两峰，分别被称为蟠螭山和南山。在清乾隆《吴县志》中被称为“石壁窝”，并形容其“洼然中虚，方三亩许，四壁如削，高五六寻”。

石壁永慧禅寺，位于蟠螭山山窝，是一座黄墙绿树的大庙，是苏州的佛教胜地，香火旺盛，每年吸引大量游客前来参观。相传，明代隆庆三年（1569）憨山大师到此结茅筑庐之后，游人不断，遂成为知名景点。整座寺庙顺山势而筑，山门造型朴实。入门东折方可进殿，颇合“山居僻其门径”的画理。弥勒殿和大雄殿是寺院仅存的古建筑，呈四合院布局。“大雄殿”三字为赵朴初手书，殿内陈设、布置典雅肃穆，清丽庄严。院中两棵对数百年的罗汉松，造型奇特，与古建筑相得益彰。

▲ 永慧禅寺（朱剑刚　拍摄）

推开大雄殿的后门，迎面而立的便是石壁，山岩陡峭似刀削，高出地面八九米。壁上布满名公巨卿、文人墨客的题咏、游记，此乃著名的蟠螭山摩崖石刻。这些石刻大多刻于清代和民国，含篆、隶、行、草、楷各书体，题咏者有陈夔龙、韩崇、吴荣光、潘钟瑞、顾文彬、严直方、章太炎、李根源、谷钟秀、弘一法师与南怀瑾等人。

▲ 蟠螭山摩崖石刻（朱剑刚　拍摄）

寺院背后的山林中有数棵参天楠树。这些楠树是元朝皇帝为纪念西番高僧所栽，距今已有800余年历史。这些楠树生长茂盛，树干挺拔，枝叶茂密，遮天蔽日，给石壁永慧禅寺增添了不少光彩。其中一棵楠树一半在岩缝里，一半裸露在岩缝外，树根盘旋而上，整个躯干形成一个大大的“S”形，苍老而健壮，如苍龙卧伏，又似巨蟒盘旋，沿峭壁蜿蜒曲折，向上爬攀8米左右上崖顶后展开一片苍翠。此石楠形如卧龙，故又称“睡龙树”。

▲ 永慧禅寺古石楠（朱剑刚　拍摄）

寺院西面不远处有一憨山台，壁上有李根源、孙光庭、尹明德、吴湖帆、邵元冲等书题约10方，至今保护完好。

▲ 蟠螭山憨山台摩崖石刻（朱剑刚　拍摄）

观湖亭位于蟠螭山巅上，是欣赏太湖美景的绝佳去处。从永慧禅寺旁的小道蜿蜒而上，步行约一刻钟就可以到达观湖亭。亭内天然去雕饰的灵璧石观音像神形兼备，令人不由惊叹大自然的鬼斧神工。两侧石柱上镌着一副对联，耐人寻味："观湖亭里观自在，闻佛谛中闻玄音。"在亭内远眺太湖，但见烟波浩渺，青山如黛，湖光山色尽收眼底，让人心旷神怡。

在观湖亭附近有"当代海派花鸟画第一人"江寒汀的衣冠冢。再往前是寺院历代祖师塔林，传奇画僧虚谷上人墓就在这里。两位不同领域的代表人物因画结缘，卒后魂归一处。

从山巅眺望太湖诸峰，湖波万顷，烟云杳霭，远处片片帆影。清代诗人孙原湘《题石壁精舍》云："苍苍绝壁瞰湖边，万顷琉璃照眼前。风雨欲来云满地，人烟何处水浮天。松声时作空中乐，鸥影都成世外仙。七十二峰看不了，一峰诗思一飘然。"于此处小坐，品一杯春茶，不仅可以欣赏远山近水的旖旎风光，也能感受到历史和文化的深厚底蕴。



▼ 从石壁眺望太湖渔村（朱剑刚　拍摄）

## 天池山

### 天池

◎明·高启

灵峰可度难，昔闻枕中书。
天池在其巅，每出青芙蕖。
湛如玉女盆，云影含夕虚。
人静时饮鹿，水寒不生鱼。
我来属始春，石壁烟霞舒。
滟滟月出后，泠泠雪消余。
再泛知神清，一酌欣虑除。
何当逐流花，遂造仙人居。

旅游路线

毛理墓石刻群→寂鉴寺→元代石屋石佛→天池→莲花峰

天池山位于苏州城西，与苏州天平山、灵岩山一脉相连。因半山坳中有天池，故而得名。天池清澈见底，蓝天白云，嶙峋怪石，葱郁林木，皆倒映水中，浮影若现，美不胜收。天池山与花山为一体而两名，西为天池，东为花山。天池山山明水秀，环境清幽。明代王鏊《姑苏志》中说："山半有池在绝巘，横浸山腹，逾数十丈，故又名天池山。"主峰莲花峰，海拔 169 米，因几块数丈的巨石如莲花瓣而得名。元末明初姚广孝《游天池记》中称"中吴山水之秀而奇，惟天池为最"。天池山以石屋石佛、奇峰异石、天池山泉著称，此为"天池三绝"。

▲ 天池山莲花峰（朱剑刚　拍摄）

高启（1336—1374），字季迪，自号青丘子，长洲（今江苏苏州）人，明代诗人。与杨基、张羽、徐贲齐名，称"吴中四杰"。曾参与纂修《元史》，授翰林院国史编修，后任户部右侍郎，辞归。隐居甫里（今角直）。后苏州知府魏观于张士诚王府旧址复府治，被弹劾致死，高启因替其撰《上梁文》被腰斩。他博学工诗，诗文爽朗清逸，著有《高太史大全集》。

这首诗围绕天池山落笔，描写了天池山幽寂的境界。诗的开头四句“灵峰可度难，昔闻枕中书。天池在其巅，每出青芙蕖”中“枕中书”是书名，旧题晋葛洪撰，记神仙方术之事。诗人昔日从《枕中书》听闻此山，点出天池之上的莲花峰。“青芙蕖”就是山顶的莲花峰，是天池山的最高峰，高耸入云。接着四句诗“湛如玉女盆，云影含夕虚。人静时饮鹿，水寒不生鱼”写天池山中的水清澈如玉女盆，倒映出云影。天池山环境清幽，有鹿在此饮水，池水清冷，不生池鱼。“我来属始春，石壁烟霞舒。滟滟月出后，泠泠雪消余”四句写自己来游玩的季节是春季的开始，看到石壁上烟霞舒展的景象，表现出春天的生机和美丽，也反映了诗人对自然美景的热爱和对自由生活的向往。“滟滟”形容月光下波光流动的样子。月亮出来之后，洒下明亮而柔和的光辉，照在天池的水面上，营造出一种静谧而美好的氛围。“泠泠”有清凉之意。这里描写的是积雪刚刚消融之后天池山的景色。雪后的清冷与月光下的宁静相互映衬，给人一种孤寂的感觉。结尾四句与开头相呼应：“再泛知神清，一酌欣虑除。何当逐流花，遂造仙人居。”诗人在天池山再次感受到神清气爽，似乎一杯清酒消除了各种烦恼。何必去追逐流俗呢？这里就如仙境一般。诗人认为天池山就是人间仙境。

“姑苏名山无多少，唯有天池形势好。四面山光施彩色，松柏常被白云绕。”这首诗很好地诠释了天池山风景。现在的天池山风景区由天池山、花山、白象湾三个景点组成，是国家AAAA级旅游景区、国家级森林公园。

天池山的最高处是莲花峰，山峰形态各异，有的如龙腾虎跃，有的如屏风叠嶂，极具美感。李芷谷于1937年在天池壁留题“水底烟云”四字，为迷人的景色画龙点睛，情趣盎然。山中多泉，寺前有清心泉、寒枯泉，寺旁山上有直径半米多的圆形山泉钵盂泉，还有水声如捣的地雷泉、掬手可盈的盈盈泉及天池第一泉。寒枯泉是中国名泉之一，与崂山泉、虎跑泉齐名，因它无论是天寒还是地枯都不干涸，故而得名。此泉饮如甘露，沁人心脾。乾隆来天池山，都会用寒枯泉的水泡一杯天池茶。这里也是江南四大才子常来吟诗作画的休闲之处，桃花涧旁种植有许多桃花，不知唐伯虎是否从此处得到了灵感，从而写下了著名的《桃花庵歌》。山上的珠联碑是由祝允明和文徵明联手完成的。

天池山人文与自然交相辉映。寂鉴寺初期是刘宋大臣张裕的私第，元至正十七年（1357），道在和尚在这里创建了寂鉴禅庵，后来几经重修，改为寺。正门口侧方有“天池山寂鉴寺”的石刻，是民国时期李根源所题。寂鉴寺内的3座石屋是苏州西部低山丘陵所有石室中保存最为完整的，算得上是天池山的镇山之宝了。据考证，3座石屋相继建于元代至正年间，距今已有600多年历史。此外，东西石屋内还各设有一座石佛，均因石制宜，浑然天成。石屋石佛是研究元代建筑与雕刻艺术的珍贵材料。寂鉴寺内还有一棵古树，是清代诗人王珏所植，至今已经有200多年。



▼ 天池、寂鉴寺（朱剑刚　拍摄）

▲ 寂鉴寺石殿（朱剑刚　拍摄）

上山道路两旁还有石马和翁仲，是明代进士毛珵之墓的护墓物件，之前还有石龟和石坊，后来被毁了。现在这个遗址是苏州保存较为完整的明代古墓之一，属于市级文物保护单位。沿着山路前行，还可以看到“石鼓”。这里的巨石形状奇特，犹如一面巨大的鼓，因此得名。石鼓上刻有“石鼓”二字，是明代著名书法家文徵明的题刻。

▲ 天池山北贺九岭（朱剑刚　拍摄）

天池山以林木之幽、石景之奇、名泉之众、摩崖之多、人文之深而著称，享有“奇秀清悠，仙境天池”美誉，真可谓苏州山林名胜中非常有韵味的桃源仙境。

# 花山

## 登华山

◎明·赵宧光

鸟道萦纡上，
深林更几盘。
支公此消夏，
五月晚犹寒。

**旅游路线**

入口→花山鸟道摩崖石刻→翠岩寺遗址→支公洞→五十三参→莲花峰→御碑亭

苏州城西丘陵起伏，冈峦连绵，与太湖相环抱，形成许多名胜佳迹。本诗中的华山，就是今天的花山，花山亦作华山，距离苏州古城区约20里，山巅有奇石耸立，状如盛开的莲花，称“莲花峰”。古汉语中，“花”与“华”相通，故又称华山。花山岩壑深秀，峰灵泉美，环境清幽，宛若世外。

赵宧光（1559—1625），字凡夫，又字水臣，号广平，自号寒山长，江苏太仓人。宋代王室后裔，为宋太宗赵炅第八子赵元俨的后代。一生不参加科考，不出仕为官，以高士名冠吴中。明万历二十二年（1594）秋天，赵宧光葬父寒山，并筑“寒山别业”为父守孝，偕妻隐于寒山，其妻为陆师道之女陆卿子，夫妇均显名于时。读书稽古，精六书，工诗文，擅书法，尤精篆书，兼文学家、文字学家、书论家、造园师。书法能运用行草笔势作小篆，创草篆体。篆刻取法汉人，线条苍劲，结构工稳，对朱简有较大影响。平生著书数十种，主要代表作品有《说文长笺》《六书长笺》《寒山蔓草》《寒山帚谈》《寒山志》等。

▼ 花山莲花峰（朱剑刚　拍摄）

赵宧光夫妇在寒山岭埋头读书，深居简出，他们在纸上书写，也在山石上书写，岩上岭上手迹遍处，书卷气就像江南氤氲的水汽，充盈了整座山岭。夫妇皆有名于时，夫唱妇随，给隐居生活增添了许多乐趣，人们对此交口称赞，一时传为文苑美谈。

这首诗写诗人访花山，饮酒沉醉晚归，清风明月令他停驻于此，即兴题“凌风栈”，并留下了《登华山》一诗。诗的开头两句“鸟道萦纡上，深林更几盘”描绘了登山路径的蜿蜒曲折，在幽深的树林中盘旋而上。花山的山路充满自然野趣。“花山鸟道”摩崖石刻是花山一大胜景，为赵宧光所书。“山”字形似莲花，妙合莲花峰。该摩崖石刻有两奇：一奇“花山鸟道”四字压着阳刻“皇重关”，可见其仪态庄严，关塞险要，而摩崖压摩崖，更是平添了其幽秘的气息；二奇“花山鸟道”四字为反书刻石篆书，取自佛教“正亦反，反亦正”的说法，借以讽刺明代万历朝政的黑暗。

▲“花山鸟道”反书刻石篆书（朱剑刚　拍摄）

过“花山鸟道”摩崖石刻后，有一段林间的山路为“五十三参”。据说当年康熙皇帝欲登花山莲花峰，山上寺院的和尚连夜在石壁上凿出五十三级台阶，这五十三级台阶恰恰告诉世人一个佛教的“五十三参，参参见佛”的典故。诗的后两句“支公此消夏，五月晚犹寒”，经“花山鸟道”，过翠岩寺，便可到天洞。相传，天洞是高僧支遁消暑纳凉的地方。农历五月本是夏季，但在花山这里傍晚却还透着寒意，暗示花山山林幽深、气候凉爽，是消夏的好去处。据说当年高僧支遁曾在此洞中面壁3年，感悟禅机。自支公起，历代都有高僧名士来此隐居，如张裕、刘宗、张廷杰等，因此，在民间花山还有“就隐山”之称。这首诗以朴实晓畅的语言叙述了初夏傍晚登游花山一事，纯用白描，亲切可喜，表现了一个隐者安闲自如的心态。“花山鸟道”也因这首诗越来越有名气。

天池、花山一山两名，因山西面有天池，所以称为“天池山”；而从山的东边看去，山顶巨石像一朵莲花，因此称为“花山”。主峰莲花峰，享有“吴中第一名山”的美誉，蓊郁幽邃，泉水潺潺，有地雷泉等，四季山花烂漫，奇峰怪石，摩崖石刻美不胜收。

▲ 地雷泉（朱剑刚　拍摄）

花山历史悠久，自古以来就受到名人雅士和文人墨客的垂青。春秋时期，思想家老子的著作中就有“吴西界有华山可以度难”的记载。东晋高僧支遁来此开山后，历代名僧高士纷纷来此隐居，超然世外。清康熙、乾隆二帝多次游览此山，故此山的自然景观和历史内涵十分丰富。现有花山鸟道、翠岩寺遗址、接引大佛、观音殿、莲叶精舍、梅香阁、云根山房等景点。

清康熙、乾隆游览花山，不仅留下了御制诗文、御驾胜迹，更留下了“徘徊眷恋不忍舍”的佳话。山上御碑亭刻有康熙诗 2 首和乾隆诗 1 首。碑的正面，右边刻的是康熙二十八年（1689）《欲游华山未往》诗，左边刻的是康熙三十八年（1699）游览花山时所作诗。背面刻的则是乾隆游览花山时所作诗。

接引大佛为元代石刻精品，为花山镇山之宝，被誉为“江南第一石刻大佛”，法相庄严，雕刻精美。石佛造于元代至正年间。大佛依山就势，取整块岩石凿刻而成，头部耳大脸方，衣纹系带简练粗犷，体魄浑厚。清嘉庆十一年（1806），建

▲ 元代接引大佛（朱剑刚　拍摄）

有佛殿，用长方条石叠筑。佛殿于清同治年间毁塌。改革开放前，石佛毁。20 世纪 90 年代，重新拼接修复石佛。2013 年，石佛上加盖佛阁，结束了石佛风吹雨淋的历史。

沿着林荫小道徒步 10 分钟即可到达莲花峰。山巅有巨岩，高达数丈，堪称一绝。虽然山并不算高，但是纵目远眺，还是让人心胸一畅。

山上有寺庙，名翠岩寺，其遗址被誉为“苏州的圆明园”，可以看到一些古老的石件四处散落。花山曾经有三绝：铁佛、铜钟、石门槛。现在铁佛和铜钟都已损坏，只剩下了石门槛。石门槛是明代的宝物，由一整块巨石雕刻而成。殿后完好保存了 10 余座禅师塔林。寺内还有康熙手植的古栗树，距今已有 300 多年历史。

▲ 翠岩寺遗址（朱剑刚　拍摄）

摩崖石刻是花山文化瑰宝，历代精品迭出，总计 300 多处，或掩映在翠林丛中，或镌刻在山岩之上，书法多变，让人流连。

作为天池山风景区中的一个景点，花山的自然景色、人文景观相交相融，原先的一个非常小众的景点如今受到了更多游客的青睐。

虎丘山

# 游虎丘山寺

宋·王禹偁

寺墙围着碧孱颜，曾是当年海涌山。
尽把好峰藏院里，不教幽景落人间。
剑池草色经冬在，石座苔花自古斑。
珍重晋朝吾祖宅，一回来此便忘还。

旅游路线

海涌桥→断梁殿→憨憨泉→千人石→剑池→五十三参石级→虎丘塔→大雄宝殿→五贤祠→御碑亭→万景山庄

虎丘又称海涌山，东晋司徒王珣与弟司空王珉于剑池两侧建别墅，后舍宅为寺，名虎丘寺，寺宇沿山而筑，“寺中藏山”为其一大特色。虎丘塔最早为云岩寺塔，始建于五代后周显德六年（959），落成于北宋建隆二年（961）。北宋至道年间，知州魏庠上奏朝廷改名为云岩寺。后被列为佛教胜地“五山十刹”之一。

王禹偁（954—1001），字元之，济州巨野（今属山东）人。北宋太平兴国八年（983）中进士，历任右拾遗、翰林学士等。王禹偁为人刚直，因直言讽谏遭贬。雍熙元年（984）移任长洲知县。王禹偁为北宋诗文革新运动的先驱，文学韩愈、柳宗元，诗崇杜甫、白居易，主张改革晚唐五代以来文坛的浮夸之风，认为文学应反映社会现实。他的诗简朴通畅，著有《小畜集》。



这首诗就是诗人在长洲知县任上所作。虎丘山寺经宋代重建后改名为“云岩寺”，民间还是称它为“虎丘寺”。诗的首联“寺墙围着碧孱颜，曾是当年海涌山”中，“碧”是青绿的颜色，指虎丘山的苍翠树木，“孱颜”

▼ 虎丘全景（朱剑刚　拍摄）

是高峻的意思。虎丘寺的墙围绕着碧绿而高峻的山，这里曾经是当年的海涌山。这两句诗写了虎丘寺与虎丘山的地理位置关系，寺墙之内包含着曾经的海涌山，给人一种古老而神秘的感觉，仿佛在诉说着此地的历史变迁。相传远古时，这里是一片广阔的海湾，虎丘是一个随着海潮涨落时而涌现、时而隐没的小岛，故名海涌山。颔联“尽把好峰藏院里，不教幽景落人间”意思是把美好的山峰都藏在寺院里，不让清幽的景色落在人间。这里体现出虎丘寺的包容性，仿佛它将周围所有的美景都收纳其中，有一种超凡脱俗的意境，也暗示了寺院的静谧与神圣，只有在寺院内才能领略到这般幽静的意境。“峰藏院里”写它与其他名山古刹不同的特点。寺庙一般藏在山中，而虎丘因为山小，好像山藏在寺庙里。颈联“剑池草色经冬在，石座苔花自古斑”写虎丘最为著名的两个景点——剑池和千人石。池浅却有深壑，山小却有巨石，这是虎丘的另一个特点。剑池两边的岩壑常年青翠，千人石上的苔印自古斑驳。描写剑池边碧草的坚韧，从侧面烘托出虎丘寺的独特环境。剑池草色经冬犹绿，说明此地或许有着特殊的小气候，或者是一种象征，暗示着虎丘寺所蕴含的生命力和持久的魅力。尾联“珍重晋朝吾祖宅，一回来此便忘还”，诗人因为与虎丘别墅最早的主人——晋时的王珣、王珉兄弟是同姓，便称寺为“吾祖宅”，每次一来就忘记归去，表达了对虎丘深厚的感情。后人还在虎丘建了一座五贤祠，除了唐代的 3 位苏州诗太守韦应物、白居易和刘禹锡，还有宋代的苏轼和王禹偁，合称五贤。五贤祠已经成为虎丘的人文景观之一。

虎丘山景色秀美，历史悠久。历代文人吟咏虎丘的佳作不胜枚举。唐代姑苏诗太守白居易，只要一有空闲，就要游览虎丘。《武丘寺路》云：“自开山寺路，水陆往来频。银勒牵骄马，花船载丽人。芰荷生欲遍，桃李种仍新。好住湖堤上，长留一道春。”山塘河的修建，大大便利了游人前来虎丘，也方便了白居易自己。诗人更是在尽兴游玩之后，大发诗性，留下众多有关虎丘的诗篇。他还在《题东武丘寺六韵》中描述了佛寺、千人石、剑池等景观，更表达了“此地好抽簪”的感慨，意思是虎丘是辞官闲退、享受生活的好地方。

宋代诗人王禹偁受白居易影响，也钟情虎丘，写下多篇诗文。此诗中的“尽把好峰藏院里，不教幽景落人间”，用拟人手法点出虎丘寺包山的特点。这与唐代诗人张籍《虎丘寺》中的“老僧只怕山移去，日暮先教锁寺门”异曲同工。

宋代范仲淹、杨备、苏轼、朱长文等人都曾诗咏虎丘，描写虎丘的历史变迁、风壑云泉。特别是苏轼曾感慨“过姑苏，不游虎丘，不谒闾丘，乃二欠事”，后来逐渐演变成“到苏州不游虎丘，乃憾事也”，使虎丘成为旅游者到苏州的必游之地。

明清时期，苏州文化昌盛，文人墨客探访虎丘者更多，留下的佳作名篇甚多。祝允明在郊游时也写下《春游虎丘杂题一首》：“春光满郊野，吾独爱西丘。碧水一池定，白云千顷流。”纳兰性德在《梦江南》中说：“江南好，虎阜晚秋天。”游览虎丘，无论春秋，无论晴雨，各有一番韵味。明代李流芳把它归纳为“虎丘有九宜”，即宜月、宜雪、宜雨、宜烟、宜春晓、宜夏、宜秋爽、宜落木、宜夕阳。

虎丘原名“海涌山”，之所以被称作“虎丘”，源于吴王阖闾。据传公元前 496 年，吴国对越国宣战，吴王阖闾受伤后死于返程途中。为了修建吴王阖闾墓，其子夫差动用了 10 万民工，并随葬 3000 把宝剑于墓中。传说吴王下葬三日之后，有一白虎蹲于海涌山上，世人说为吴王霸气凝聚而成。从那以后便有了虎丘的称谓，至今已 2500 余年。

千百年来，虎丘汇集了帝王文化、民俗文化、士大夫文化、宗教文化和建筑文化的精髓。历代文人参与了虎丘的修缮和文化活动。东晋王珣、王珉兄弟在虎丘舍宅为寺，使虎丘成为江南士大夫文化的土壤；东晋大画家顾恺之说虎丘是“含真藏古”；南朝顾野王赞虎丘是“抑巨丽之名山，信大吴之胜壤”；唐代韦应物、白居易、刘禹锡 3 位曾任苏州刺史的大诗人，都对虎丘情有独钟，并留下诗文，李阳冰以篆体书题写了“生公讲台”；著名的文学作品“三言二拍”、《红楼梦》《儒林外史》都写到虎丘，《红楼梦》中的薛蟠泥塑小像便产自虎丘；在苏州的地方戏和弹词《三笑》《玉蜻蜓》等剧（曲）目中，更是一再以虎丘为人物活动的舞台。

虎丘海拔虽仅 34.3 米，却有“江左丘壑之表”的风范，绝岩耸壑，气象万千，并有“三绝九宜十八景”之胜。明代大学士王鏊在《虎丘》诗中提到：“谁云虎丘小，我觉虎丘大。”虎丘山不高，却闻名遐迩，这不正印证了“山不在高，有仙则名”的佳话吗？

虎丘的游览主要分为前山、千人石和山顶三个部分。

游人经过入口处，跨过海涌桥，便来到虎丘的二山门——断梁殿。断梁殿建于元至元四年（1338），因主梁由两根木料拼接而成，故俗称断梁殿。断梁殿上朝南上悬“大吴胜壤”匾额，出自南朝顾野王《虎丘山序》“信大吴之胜壤”一语，点出虎丘在苏州诸多景点中的重要地位；朝北上悬“含真藏古”匾额，取自晋代顾恺之《虎丘山序》，暗含虎丘真山真水、古墓古塔，蕴藏优美景色，富含天然真趣之意。

过了二山门，沿山路向上，可以看到西侧有一口古井，叫憨憨泉。憨憨是梁代僧人，相传他是一个双目失明的孤儿，在虎丘寺当小和尚。他每天下山挑水，有一次被这里的青苔滑倒，随即想到，既有青苔，土壤潮湿，或许有泉眼，于是用扁担挖地，果然挖到了泉眼，并用泉水治好了眼疾。从此，此泉取名憨憨泉。宋代僧人释智愚、清代诗人石韫玉都有诗作《憨憨泉》，讲述憨憨泉的故事，也盛赞憨憨泉泉水的清洌。

▼ 憨憨泉（朱剑刚　拍摄）

在憨憨泉的斜对面，有一块椭圆形的大石头，中间裂开，犹如利剑劈开一般，被称作“试剑石”。石旁有元代顾瑛的诗句：“剑试一痕秋，崖倾水断流。如何百年后，不斩赵高头。”描写试剑时的情景，也抒发了对政局的不满。这里有两个小故事：一个是说吴王阖闾命干将、莫邪铸剑，剑铸成之后，吴王挥剑试刃，将大石一劈为二；另一个是说秦始皇巡至虎丘，探寻吴王宝剑，遇到一白虎阻拦，于是挥剑斩白虎，白虎忽然不见，剑砍在巨石上，将之一分为二。其实这是一块火山喷出的凝灰岩，久经风化后沿着缝隙裂开而成，形似剑劈。

▲ 试剑石（朱剑刚　拍摄）

虎丘前山山路的尽头，有一座古朴的亭子，亭内有一石碑，题“古真娘墓”。真娘，也称贞娘，本名胡瑞珍，唐朝时人。安史之乱逃难来到苏州，被迫堕入妓院，因能歌善舞、才貌出众，成了当时苏州的一位绝色佳人。一位名叫王荫祥的青年买通老鸨，想要留宿真娘处，真娘投缳自尽，以死守身。王荫祥后悔不已，厚葬真娘于虎丘山，并建亭纪念。真娘墓建

▲ 千人石全景（朱剑刚　拍摄）

成之后，文人墨客题诗众多，其中以白居易《真娘墓》最为著名："真娘墓，虎丘道。不识真娘镜中面，唯见真娘墓头草。霜摧桃李风折莲，真娘死时犹少年。脂肤荑手不牢固，世间尤物难留连。难留连，易销歇，塞北花，江南雪。"

走过前山，便来到虎丘景点最为集中的区域——千人石了。千人石是虎丘中心一块巨大的盘陀石，因石平坦如砥，广两亩，可容千人，故得名千人石。传说吴王阖闾去世后，葬在剑池下，其子夫差为掩盖墓葬的秘密，竟将千余名工匠全部杀害于千人石上。鲜血渗入石中，每逢阴雨，颜色转为殷红，极为醒目。实际上，这是石中氧化铁被雨水冲刷出来所致。晋代高僧道生曾在这里讲经说法，据史书记载："生公讲经于此，无人信者，乃聚石为徒，与谈至理，石皆点头。"这就是成语"生公说法，顽石点头"的由来。旁边白莲池中的石上刻着"顽石"二字，指的就是这一段故事。宋代范成大有《千人坐》诗："听经人散藓花深，千古谁能更赏音。只好岸巾披鹤氅，风清月白坐弹琴。"诗人杨备也写道："海上名山即虎丘，生公遗迹至今留。当年说法千人坐，曾见岩边石点头。”讲述的就是当时的故事。

千人石还是一年一度的中秋赏月曲会的舞台。从明代直到清代末年，虎丘曲会盛大热闹，每年农历八月十五，苏州城的老百姓倾城出动，穿好丽服，带上美酒，在千人石上席地而坐，互相切磋曲艺。明代袁宏道在《虎丘记》中详细地描述：“一箫，一寸管，一人缓板而歌，竹肉相发，清声亮彻，听者魂销。比至夜深，月影横斜，荇藻凌乱，则箫板亦不复用。一夫登场，四座屏息，音若细发，响彻云际，每度一字，几尽一刻，飞鸟为之徘徊，壮士听而下泪矣。”

千人石周围错落有致地分布了许多景点。东有白莲池，道生讲经，不仅“顽石点头”，而且白莲花怒放，成为一时佳话。西有第三泉，水质甘洌，唐代茶学家陆羽评定为“第三泉”，岩壁上有“铁华岩”三字，取自苏东坡的诗句“铁花秀岩壁”的诗意。北面是二仙亭，初建于宋代，重建于清代，二仙即吕洞宾和陈抟。亭柱上两副楹联“昔日岳阳曾显迹，今朝虎阜再留踪”“梦中说梦原非梦，元里求元便是元”富含深意，发人深省。

由千人石往北走，便来到虎丘中最引人入胜的古迹名胜，相传为吴王阖闾墓的剑池。称它为剑池，原因有三：一是从上面看，这池宛若一把平铺的剑；二是传说当年吴王阖闾殉葬物有扁诸、鱼肠等宝剑3000把，故名；三是当年秦始皇与孙权都曾来这里挖过剑，剑池就是由他们所挖而成的。剑池可以说是虎丘最为神秘的地方，传说吴王阖闾墓的开口处就在这里。宋代诗人朱长文以剑池为题，写道：“万丈澄潭挟两崖，削成奇壁自天开。龙泉一淬名因得，不待秦王发冢来。”明代高启也在《阖闾墓》中这样写道：“水银为海接黄泉，一穴曾劳万卒穿。谩说深机防盗贼，难令朽骨化神仙。空山虎去秋风后，废榭乌啼夜月边。地下应知无敌国，何须深葬剑三千。”都是在讲述剑池与阖闾墓之谜。

▲ 虎丘剑池（朱剑刚　拍摄）

虎丘山顶部分的核心景区当数云岩寺塔，俗称虎丘塔，至今已经有1000多年的历史。这座塔七层八面，塔高47.5米，塔向东北偏北方向倾斜，塔顶偏离中心2.32米。这座塔是江南现存时代最早、规模宏大、结构精巧的一座佛塔。塔斜而不倒，更显珍贵，由于在全国仅存此例，因此该塔在建筑科学、造型艺术、历史研究等方面都具有独特的重要地位。宋代方仲荀《虎丘山》诗中写“出城先见塔，入寺始知山”，虎丘是苏州2500多年沧桑的见证，高高耸立在山顶的虎丘塔已经成了苏州的标志。历代文人更是在诗文中详述虎丘塔的巍然而立、高耸入云，如郑震《宿虎丘》云“天虚塔欲浮”，顾瑛诗写“塔倚高标立”。2014年6月，虎丘云岩寺塔作为大运河沿线的建筑遗存，被列入《世界遗产名录》。

从千人石往东，也有一条游线可通山上。沿途经过“五十三参”石级、云岩禅寺正殿大雄宝殿，向东可到供奉唐宋两朝在苏州任过刺史的5位先贤的五贤祠，再往东便是望苏台、小吴轩、万家灯火。之后，便是千顷云阁，取苏轼“云水丽千顷”的诗意，沈周、文徵明等曾在此品茗会友，文徵明留有《虎丘千顷云阁》诗作。大雄宝殿的后面还有一个古朴的碑亭，为御碑亭，因康熙、乾隆皇帝多次游玩虎丘，均留有诗作，遂刻石立碑，矗于亭内，嵌于壁上，供游人欣赏。

虎丘东侧还有一处景致，即万景山庄，为我国最大的盆景园之一，集中了苏州的大部分盆景精品。数百盆精品盆景高低错落，极富气势。所有盆景都与转墙外的虎丘塔遥相呼应，两者似乎在历史与文化中找到了互补与契合之处。

虎丘自然景色优美，人文古迹众多，近年来虎丘后山也在逐步开发，一榭园、花神庙等景观陆续呈现，带给游人更加丰富的文化体验。一座虎丘山，见证着苏州的沧桑变迁，可以说，苏州的一部春秋尽在虎丘！

▼ 虎丘一榭园（朱剑刚　拍摄）

# 大阳山

## 登阳山

◎ 明·袁宏道

巉石蹲如象，枯松驳似鳞。
鹤仙何处是，龙母果然神。
穴有能言兽，岩多不语人。
吴宫零落尽，踪迹果谁真。

**旅游路线**

文殊寺景区（凤凰寺→文殊寺→浴日亭→半山亭→摩崖石刻群→箭阙峰）→植物园景区（引种培育区→科普观赏区→休闲娱乐区）

▲ 吴之镇

大阳山西濒碧波万顷的太湖，距苏州城区约 20 里。大阳山最早的名字叫作“大阳岩”，又名秦余杭山、万安山、四飞山。大阳山峰峦逶迤，青葱满目，寺庙林立，梵音声声，一片清修世界，自古为佛门胜地，素有“吴中普陀”之誉。明代苏州状元吴宽曾为阳山写记，其中有“阳山在吴城西北二十里，而近视他山特高且大，盖吴之镇也”之句，意思是阳山高大，是镇得住吴地的一座大山。据说春秋时吴王夫差最后命丧大阳山。据《吴越春秋》记载，公元前 473 年，越王勾践率军攻吴，吴军大败，夫差率群臣狼狈出逃，三天三夜后跑到了姑苏城西北的大阳山下，他心中忧急，腹中饥饿，口干唇燥，顾不得君王脸面，去田里采摘生稻吞食，又伏在地上饮沟中生水，越兵已围了上来，夫差只得“引剑而伏之死”。

▲ 夫差亭

袁宏道（1568—1610），字中郎，又字无学，号石公，又号六休，公安（今属湖北）人。明代文学家。万历二十年（1592）进士。做过吴县知县，官至吏部郎中。与其兄袁宗道、弟袁中道并有才名，合称“公安三袁”。在文学上反对“文必秦汉，诗必盛唐”，提出“独抒性灵，不拘格套”的性灵说，时称“公安体”。著有《瓶花斋杂录》《破研斋集》《袁中郎集》。

袁宏道曾访师求学，游历山川。

他曾在苏杭一带游玩，写下了很多著名的游记，如《虎丘记》《初至西湖记》等。《虎丘记》记述了中秋夜苏州人游虎丘的盛况，其中最精彩的是有关唱歌场面的描写，从开始“唱者千百”到最后“壮士听而下泪”，层层深入，情景交融，把读者引入一个若有所失，但更有所得，充满艺术美的境界。

这首诗是袁宏道创作的一首五言律诗，描绘了大阳山的壮丽景色，并通过自然景色表达了诗人对自然与历史的深刻思考。诗的首联“巉石蹲如象，枯松驳似鳞”写大阳山山势陡峭，山石像蹲坐的大象，山上的古松树皮斑驳，状如龙鳞。颔联“鹤仙何处是，龙母果然神”写大阳山非常幽深，恍如仙境一般，“鹤仙”并非指现实中的仙鹤，而是用以象征超脱尘世、仙风道骨的人物或景象。诗人通过提问“鹤仙何处是”，表达了对超凡脱俗境界的向往和对仙境的探寻欲望。“龙母”是一个具有神秘色彩的形象，被描述为“果然神”，显示出诗人对她的敬畏和赞叹。龙母这一形象可能来源于民间传说，因其深厚的民间基础，龙母被人们广泛崇拜和信仰，成为一种文化符号。颈联“穴有能言兽，岩多不语人”写大阳山的洞壑峭岩，洞穴中似乎有能说话的动物，而陡峭的岩石很多，不会跟人说话。“能言兽”和“不语人”反映了诗人对自然界的观察和思考。尾联“吴宫零落尽，踪迹果谁真”，意思是昔日吴王的宫殿已经荒废殆尽，真正的遗迹又在哪里呢？诗人从眼前大阳山的险峻巍峨，联想到物是人非，岁月冲刷了吴国的历史，体现了诗人对消逝的历史的感慨和对历史真实性的探求。

▲ 大阳山全景（朱剑刚　拍摄）

▲ 文殊岩和文殊殿（朱剑刚　拍摄）

▲ 文殊泉（朱剑刚　拍摄）

现在大阳山作为国家森林公园，西濒碧波万顷的太湖，东至阳山环路，南起太湖大道，北至兴贤路，总占地面积 1029.8 公顷，森林覆盖率 88.64%，有着“城市绿肺”的美名。主峰箭阙峰海拔 338.2 米，为苏州第二高峰。大阳山自然地理环境优越，人文历史底蕴丰厚，随着户外徒步、登山热潮的发展，大阳山成为苏州人最爱的徒步线路之一。

大阳山国家森林公园分为文殊寺景区和植物园景区两大部分。文殊寺景区位于公园的东侧，以文殊寺为核心，集自然风光、人文景观和宗教文化于一体。文殊寺始建于东晋，为东晋高僧支遁所创，距今已有 1600 多年历史，是苏州最早的佛教寺庙之一。因寺附近有巨石形似天狗，所以又被称为“天狗庙”。而今寺庙修葺一新，重建了天王殿、观音殿、地藏殿和文殊殿。文殊寺处在海拔约 300 米接近山顶的位置，是苏州寺庙中位置最高的一座。文殊寺内供奉着文殊菩萨，代表着智慧，吸引了众多家长和考生的关注，成为传说中求学业的地方。除了文殊寺，景区内还散落着明代古道、半山亭、浴日亭、四飞致爽、箭阙峰、凤凰寺等众多历史悠久的景点。明代古道青石板铺就，两旁古木参天，仿佛一条时空隧道，引领游客穿越回古代。箭阙峰作为大阳山的主峰，不仅是登山爱好者的挑战目标，更是俯瞰景区全景的最佳地点，让人感受到“会当凌绝顶，一览众山小”的豪情。凤凰寺则是一座历史悠久的古刹，寺内香火旺盛，是游客祈福求愿的好去处。

▲ 箭阙峰（朱剑刚　拍摄）

大阳山还保留着丰富的摩崖石刻，这些石刻跨越了明代至民国时期，记录了历代文人墨客的游山感悟与历史事件。其中，箭阙峰下的摩崖石刻群最为著名，有王鏊、顾存等历史名人的题刻，不仅具有艺术价值，更是研究苏州历史文化的重要资料，让人在欣赏自然美景的同时，也能感受到历史的厚重。

大阳山植物园位于苏州大阳山国家森林公园南部的植物园景区，是一个集物种保存、科普教育、文化休闲等功能于一体的综合性植物园。景区占地面积约有 111 公顷，毗邻太湖大道，树木繁盛，空气清新，负氧离子含量极高，为不可多得的“城市绿肺”。植物园的规划非常独特，它以科普观赏性的植物区与专类园、休闲娱乐性的植物分区和引种培育区为主要特色。北部是科普观赏性的植物区与专类园，这里展示了各种珍稀植物，让游客领略到大自然的神奇和美丽。南部为休闲娱乐性的植物分区，突出植物的娱乐性、观赏性及与人的互动关系，游客可以在这里放松身心，享受大自然的宁静与美丽。东部为引种培育区，引进种植了大量的珍稀植物物种，为植物园增添了更多的生命力和自然之美。此外，大阳山植物园还是一个不可多得的星空幻影灯光秀的举办地，游客在这里可以获得光影与自然之美相结合的独特体验。

随着户外徒步、登山热潮的兴起，大阳山已成为苏州“驴友”最爱的线路之一。景区内设有完善的徒步路线，从轻松的休闲步道到挑战性极强的登山路径，满足了不同游客的需求。

大阳山不仅是一座自然之山，更是一座文化之山、历史之山。在这里，你可以感受到大自然的神奇魅力，也可以领略到苏州深厚的历史文化底蕴。无论是想要亲近自然、感受生态之美，还是探寻历史、领略文化之韵，抑或是追求新鲜、享受现代娱乐，大阳山都能满足你的需求。

# 叁

# 拈花枕湖

# 梁溪

## 梁溪

明·汤显祖

横山断尾若龙蹲，
烟雨平芜势独尊。
日暮花溪泛桃水，
太湖西去有双门。

旅游路线

灵山大佛→鼋头渚→无锡影视基地（三国城→水浒城→唐城）→梅园→惠山古镇→东林书院→南禅寺→荡口古镇

梁溪之水源自无锡惠山，北接大运河，南入太湖。梁溪的得名有两种说法。元代王仁辅《无锡志》记载："古溪极狭，梁大同中重浚，故号曰梁溪，南北长三十里。"也有相传东汉时著名文人梁鸿曾偕妻孟光隐居于此，故而得名的说法。历史上梁溪也曾作为无锡的别称。

汤显祖（1550—1616），字义仍，号海若、若士、清远道人，临川（今江西抚州）人。明代著名戏曲作家、文学家。万历进士，官礼部主事。戏曲以"临川四梦"著称，为《紫钗记》《牡丹亭》《南柯记》《邯郸记》四剧的合称。因四剧皆有梦境，有"临川四梦"之说。汤显祖居所名玉茗堂，明清两代模拟其文辞风格的戏曲创作流派，被称为"玉茗派"或"临川派"。诗文有《玉茗堂集》。



万历二十六年（1598），汤显祖辞官，回到家乡江西临川县的乡村闲居。他在生活中耳闻目睹了一些青年男女的爱情遭遇，激起了他的创作感情，开始了《牡丹亭》的创作。该剧描写了官家千金杜丽娘对梦中书生柳梦梅倾心相爱，竟伤情而死，化为魂魄寻找现实中的爱人，人鬼相恋，最

▼ 无锡梁溪河

后杜丽娘起死回生，终于与柳梦梅永结同心的故事。至今昆剧《牡丹亭》依旧在舞台上上演着。

汤显祖曾泛舟梁溪，他北眺惠山九峰，西望太湖云烟，诗兴大发："横山断尾若龙蹲，烟雨平芜势独尊。日暮花溪泛桃水，太湖西去有双门。"前两句写横亘无锡西郊的惠山（一名九龙山）如龙蹲伏，逶迤在太湖边烟雾迷蒙的原野上。诗人将横山的形态比作蹲伏的龙，形象地写出了山的雄伟气势，给人一种威严而神秘的感觉。在烟雨笼罩下，广阔的平原显得更加朦胧而独特，营造出一种悠远、静谧且宏大的氛围，展现出自然山水在烟雨中独特的美感和独尊的气势。后两句写梁溪蜿蜒，西入太湖。日暮时分，梁溪之畔遍植桃花，落英缤纷，水中花影绰绰，妖娆多姿。诗人泛舟于花溪之上，给人一种诗意而浪漫的感觉，桃花和溪水相互映衬，富有生机与美感。"梁溪晓月"如梦如幻。蠡湖与太湖交汇处有犊山门、浦岭门两个水口，为梁溪入太湖之处。汤显祖是戏曲家，他谱的曲词以意趣情韵取胜，诗也写得极有风致。

古往今来，梁溪河帆樯林立，风景迷人。历代文人墨客以"烟树茫茫，渔舟唱晚"描绘梁溪景色，留下许多诗词佳作，至今仍广为传诵。如明代著名学者、《永乐大典》编纂人之一的王达面对家乡美景赞叹："微波皱绿回轻风，溪流直与南湖通。人家两岸几兴废，鸥影萧萧夕照中。"

无锡，简称锡，古称新吴、梁溪、金匮，被誉为"太湖明珠"，是一座拥有3000余年历史的江南名城。无锡地处长江三角洲平原、江南腹地、太湖流域，是长江经济带、长江三角洲城市群、苏锡常都市圈的重要城市。京杭大运河从无锡穿过，作为中国大运河的一段，入选《世界遗产名录》。无锡是国家历史文化名城，自古就是鱼米之乡，素有布码头、钱码头、窑码头、丝都、米市之称。同时，无锡也是中国民族工业和乡镇工业的摇篮，是"苏南模式"的发祥地。在千年吴文化、近现代工商文化和当代乡镇企业创业文化的深度滋润下，无锡形成了"尚德务实、和谐奋进"的城市精神。

无锡自然和人文资源丰富，旅游发展条件得天独厚，有鼋头渚、灵山大佛、无锡影视基地（三国城、水浒城、唐城）、梅园、蠡园、惠山古镇、荡口古镇、东林书院、崇安寺、南禅寺等景点。

▲ 鼋头渚（朱剑刚　拍摄）

无锡濒临太湖北半圈，南屏马迹，北枕龙山，中犊山如中流砥柱，大箕山、小箕山挺立，湖广山秀。鼋头渚独占太湖最美一角，三山岛如碧玉浮于湖面，“包孕吴越”等摩崖石刻诉说着太湖的博大胸襟。春日樱花谷内，68 个品种的樱花织就粉色云霞，3 万多株樱树在古建楼阁间恣意绽放，赏樱楼与蹑云阁掩映于花海中，成就“中华第一赏樱胜地”的盛名。登临鹿顶山舒天阁，太湖烟波与蠡湖涟漪尽收眼底，传说中仙鹿化山的神韵仍在呦呦亭畔流转。

马山之畔，灵山大佛巍然矗立。

灵山大佛位于无锡市滨湖区马山国家风景名胜区的山水之间，是国家 AAAAA 级旅游景区。佛体坐落于无锡马山秦履峰南侧，大佛所在位置系唐玄奘命名的小灵山，故名“灵山大佛”。灵山梵宫与灵山大佛比邻而立，其建筑气势磅礴，布局庄严和谐，汇集众多文化遗产、艺术瑰宝，是一座世界级佛教艺术殿堂。

▲ 无锡灵山大佛

▲ 无锡灵山和梵宫

梅园的梅香里藏着民族工业的基因。荣氏兄弟以“为天下布芳馨”的初心，在横山脚下筑起这座江南园林。每年早春，7000余株梅树凌寒绽放，与香海轩的楹联、诵豳堂的匾额构成“四面有山皆入画，一年无日不看花”的雅境。此园遥临太湖烟波，背倚龙山翠屏，倚山建园，以梅饰山，近山远水，虚实相映，构成一幅天然图画。

▲ 无锡梅园

无锡影视基地最早是中国中央电视台为拍摄《唐明皇》《三国演义》《水浒传》而建，现在共有“唐城”“三国城”“水浒城”三大景区。无锡影视基地是中国首创的大规模影视拍摄和旅游基地，基地内建有大规模的古典建筑群体，这些建筑都由专家们精心考证设计，真实再现了当时历史背景下的建筑风貌。

惠山古镇的青石板路上，120余处祠堂建筑群静静诉说岁月。杨藕芳祠的西式门楼与顾可久祠的清式木构相映成趣，寄畅园的假山流水间，康熙乾隆的御笔题刻犹带墨香。荡口古镇枕河人家的花窗将华蘅芳故居、会通馆的书香送入流水。东林书院内，依庸堂的“风声雨声读书声”穿越400余年，石牌坊与泮池见证着“天下言书院者，首东林”的学术荣光。

这座太湖之滨的城市，以山水为纸，以人文为墨，将千年文明与现代繁华绘成一幅流动的江南长卷。从灵山的佛光到运河的桨声，从梅园的暗香到古镇的灯影，每一处景致都在诉说着“太湖明珠”的永恒魅力。

# 鼋头渚

## 太湖

◎明·祝允明

咸池五车直下注，峨眉岱岳潜相通。
乾坤上下浮元气，郡国周遭护渚宫。
岩穴会因仙迹幻，鱼龙不助霸图雄。
拟把玄圭献天子，再看文命告神功。

**旅游路线**

犊山大门→鹿顶山（舒天阁）→“鼋头渚”石碑→“包孕吴越”石刻→震泽神鼋铜像→澄澜堂→灯塔→太湖仙岛→充山大门

鼋头渚位于无锡西南太湖之滨，为三面环水的半岛，形如突入湖中的鼋头，故名。鼋头渚景色宜人，既有山长水阔、帆影点点的自然山水景色，又有小桥流水、绿树人家的水乡田园风光，还有典雅精致、古朴纯净的江南园林景致，历来受到文人墨客的追捧。

▲ 无锡鼋头渚（朱剑刚　拍摄）



祝允明（1461—1527），字希哲，因右手有枝生手指，故自号枝山，又号枝指生，世人称“祝京兆”，长洲（今江苏苏州）人。祝允明的科举之路颇为坎坷。19 岁中秀才，5 次参加乡试，才于明弘治五年（1492）中举，后 7 次参加会试不第，于是祝允明绝了科举念头，以举人选官。正德九年（1514），获授广东兴宁知县。嘉靖元年（1522），转任为应天府（今江苏南京）通判，不久称病还乡。与唐寅、文徵明、徐祯卿并称“吴中四子”。能诗文，工书法。著有《怀星堂集》。



这首诗诗人没有直接写鼋头渚的风景，而是以上天入地的丰富想象，即兴怀古。首联“咸池五车直下注，峨眉岱岳潜相通”中，“咸池”

“五车”指星名。诗人想象银河直泻而下，注入大地，而峨眉山和泰山山脉相连，在地下深处相互连接。实际上这是形容太湖水汪洋恣肆，湖上群山雄伟峻险。诗人这样描写既展现了大自然的神奇，也表达了他对宇宙奥秘的探索。颔联“乾坤上下浮元气，郡国周遭护渚宫”中，“乾坤”指天地，“元气”则是宇宙的根本能量。这两句写天水相接，天地之间充满了元气，这些元气滋养着世间的一切生命和事物。鼋头渚在郡国四周，护卫着中央的宫殿，守护着国家的安宁和繁荣。这里也暗写鼋头渚周围的盛大气势。颈联“岩穴会因仙迹幻，鱼龙不助霸图雄”两句带有一种神秘色彩，写鼋头渚的岩穴为神仙所住，变幻无穷，岩穴中的仙迹显示了超凡脱俗的仙境的变化，而鱼龙则被认为是水中的精灵，它们也不肯帮助吴王阖闾完成霸业的雄图。诗人通过这两句表达了对仙境的向往和对世俗权力的不屑，认为仙境中的仙迹比人间的霸业更加吸引人，更加值得追求。尾联“拟把玄圭献天子，再看文命告神功”中，“玄圭”是一种黑色的玉器，上尖下方，古代礼器，出自《尚书·禹贡》:“禹锡玄圭，告厥成功。”“文命”为大禹的名字。这两句写诗人打算把玄圭进献给天子,再看大禹建立伟大的功绩，表达了诗人对仙界的向往。诗人借对鼋头渚理想境界的描写，暗示当时政治形势下天子与功臣的关系。

鼋头渚风景区横卧太湖西北岸的一个半岛，占地面积 5.39 平方千米，是太湖风景名胜区（国家重点风景名胜区）的主景点之一，是江南地区规模最大的山水园林胜境。

鼋头渚独占太湖风景最美一角，融淡雅清秀与雄伟壮丽为一体，集自然风光与人文景观于一身，有“太湖缩影”和“天然画廊”的美誉。游人至此，映入眼帘的是一片秀美、壮丽的湖光山色，恍若置身仙境。郭沫若诗赞“太湖佳绝处，毕竟在鼋头”，更使鼋头渚名扬境内海外。

鼋头渚风景区的美丽景致，很早以前就被人们所向往，文人雅士咏唱之作颇多。南朝梁时，此地就建有广福庵，为“南朝四百八十寺，多少楼台烟雨中”的一处；明初，“太湖春涨”被列为“无锡八景”之一；明末，东林党首领高攀龙常来此踏浪吟哦，留有“鼋头渚边濯足”遗迹；清末，无锡知县廖纶在临湖峭壁上题书“包孕吴越”和“横云”两处摩崖石刻，既赞美了太湖的雄伟气势和孕育吴越两地的宽阔胸怀，也蕴含了对此地风光尽纳吴越山水之美的中肯评价。

▲“包孕吴越”和“横云”摩崖石刻（朱剑刚　拍摄）

1916 年，鼋头渚始建园林，社会名流、达官贵人纷纷在鼋头渚附近营造私家花园和别墅，先后建有横云山庄、广福寺、陶朱阁、太湖别墅、陈园（若圃）、郑园等。新中国成立后，这些私家花园和别墅大多由政府接管，合并成鼋头渚公园。20 世纪 80 年代后，经统一规划布局，精心缀连，又大规模扩建新景点，这一太湖风景名胜游览地日趋完美，面积扩大到 500 公顷，成为江南最大的山水园林之一。现为国家 AAAAA 级旅游景区、江苏省文物保护单位。

鼋头渚风景区现有充山隐秀、鹿顶迎晖、鼋渚春涛、横云山庄、万浪卷雪、湖山真意、十里芳径、太湖仙岛、江南兰苑、樱花谷、无锡人杰苑及中犊晨雾、广福古寺等 10 多处景点。其中有山长水阔、帆影点点的自然山水景色，有小桥流水、绿树人家的山乡田园风光，有典雅精致、古朴纯净的江南园林景致，还有历代名人雅士游踪、石刻、书画、传说等诸多内涵深厚的文化积淀，构成了此地以天然山水为主、人工点缀为辅的综合性多功能风景旅游胜地。

进入景区，乘坐观光车，可首先前往鹿顶山山顶。鹿顶山高 96 米，是鼋头渚最高点，在那里可以感受鹿顶迎晖的雄奇景致。登山顶舒天阁，可以领略一山观两湖的壮美风光：望太湖，烟波浩渺；望蠡湖，碧波荡漾，美不胜收。关于鹿顶山，还有一个美丽的传说。相传南极仙翁的坐骑仙鹿，由于触犯天条，被仙翁一巴掌打下云头，仙翁在盛怒之下用力过猛，在鹿头上留下了 5 个手指痕迹，在手指的两边和中间挤出了 6 个小包。仙鹿在降临凡间时，看中了景色秀丽、水草丰美的太湖，在太湖边化成了一座美丽的鹿顶山。后人根据这个美丽传说，在山顶之上塑群鹿雕像，造呦呦之亭，取《诗经》中“呦呦鹿鸣”之意。

樱花谷位于鼋头渚风景区鹿顶山北麓，与中日樱花友谊林毗邻，又融为一体，占地 20 万平方米，植有 68 个品种的樱花 3 万余株，是国内最大的樱花专类园。樱花谷建有赏樱楼、蹑云阁、繁英轩、簇春桥等建筑。樱花盛开之际，是鼋头渚景色最美的时候。

鼋渚春涛是鼋头渚的精华景区，主要景点有灯塔、鼋头渚石碑、横云摩崖石刻、震泽神鼋铜像、澄澜堂、飞云阁等。山林亭台隐现，湖畔灯塔高耸，远望岛屿沉浮，近闻浪涛拍岸，众多景点罗列湖岸，处处凸显历史风云的积淀。“包孕吴越”摩崖石刻四字苍劲有力，给人以气势磅礴之感。它的意思是说太湖孕育了吴越两地的文化和人民。在太湖之滨，可以看到许多有关吴越文化的历史遗迹和风景名胜，如苏州的虎丘、吴江的垂虹桥



▼ 飞云阁（朱剑刚　拍摄）

等。太湖本身也是吴越两地的分界线。“包孕吴越”的旁边还有“天然图画”额和“横云”石刻，这是对太湖美景的赞誉。“天然图画”指的是鼋头渚的自然风光，尤其是那些山清水秀、景色优美的地段，让人觉得仿佛是一幅天然的图画。“横云”则指这里的山水景色美丽如画，仿佛白云在山间飘荡。

望向湖中，可见 3 座小岛现于水上，有“三山映碧”美誉。岛上建有三山道院，有会仙桥、天街、灵霄宫、天都仙府、月老祠、大觉湾等建筑。道院内玉宇琼楼，古乐阵阵，室内布置瑰丽雄奇，神像生动，其中玉帝塑像高达 18 米，堪称国内罕见。

犊山大门牌坊是太湖风景区的主要景点之一，也是目前我国最大的园林式大门。大门造型典雅、庄重，远观近瞻皆宜。在蓝天白云的衬托下，大门显得格外高大、醒目。门额上“鼋头渚”三个鎏金大字，气宇不凡，令游人叹为观止。

▲ 犊山大门牌坊（朱剑刚　拍摄）

藕花深处是1931年围湖堤建成后与陆地相连的半岛。岛上松柏苍翠，登上小岛顶端的一座小亭后极目四望，便见碧波荡漾之中有成片的山林连绵不绝。这里是最好的观鸟胜地之一，尤其是清晨和黄昏时分，常有成群的白鹭、灰鹭、野鸭等在此盘旋嬉戏或觅食。

▲ 藕花深处（朱剑刚　拍摄）

继续前行就来到了广福寺脚下。一堵杏红墙将广福寺分成前后两进院落。大雄宝殿内供奉着释迦牟尼、药师和弥陀佛像，殿的东西两侧是十八罗汉像，殿的背后是千手千眼佛像。寺内还有许多具有民族特色的佛像、壁画，以及无锡著名企业家荣德生、荣宗敬等人的塑像和碑文。这里曾是我国民族工商业者投资兴业、休憩游乐的好地方。广福寺不仅是佛教胜地，也是风景胜地。这里的建筑依山而建，前有荷花池、放生池等人工景点，后有山峦环抱、翠竹掩映的自然景观，无论是晨曦初照还是夕阳西下时分，都有迷人的景致。

▲ 广福寺（朱剑刚　拍摄）

出广福寺不远就来到了涵虚亭和飞云阁前。这里有一处突入湖面的半岛。这个半岛伸入湖中，把太湖分为截然不同的东西两部分。从远处眺望，它就像一只巨大的乌龟静静地趴在湖面上，因此又称鼋头渚。

▲ 鼋头渚神龟（朱剑刚　拍摄）

从鼋头渚向南走，可以看见一座古老的建筑——涵虚亭。它是观赏太湖美景的好地方。在这里，游客可以俯瞰整个太湖的美景，领略太湖的浩瀚和壮观。

▲ 涵虚亭（朱剑刚　拍摄）

此外，鼋头渚还有其他许多景点，如净香水榭、舒天阁、卷雪亭等，都是值得一游的地方。

鼋头渚，这座太湖之滨的天然画廊，以山水为笔，以人文为墨，绘就了一幅四季皆宜的江南绝景图。郭沫若笔下“太湖佳绝处”的赞叹，穿越时空，依旧在粼粼波光与飞檐翘角间回响。若欲寻访江南园林的精粹、领略吴地文化的深邃、感受太湖烟水的浩渺，鼋头渚，终是那处让人魂牵梦绕的必达之境。



▼ 舒天阁（朱剑刚　拍摄）

惠山

# 惠山谒钱道人烹小龙团登绝顶望太湖

宋·苏轼

踏遍江南南岸山，逢山未免更留连。
独携天上小团月，来试人间第二泉。
石路萦回九龙脊，水光翻动五湖天。
孙登无语空归去，半岭松风万壑传。

旅游路线

惠山老街→惠山镇祠堂群→天下第二泉庭院及石刻→寄畅园→惠山寺→锡惠公园

无锡惠山自古以江南第一山、名泉胜地而闻名于世，具有山麓水乡的淳朴风貌，悠久的历史可上溯到南北朝时期。惠山脚下有数百座明清以来的祠堂建筑群和花园，景区文物古迹众多，山水林泉俱佳，有古街、古园、古寺、古泉、古书院、古诗社、古祠堂等多种传统文化资源。历代文人雅士来惠山品泉凭吊，寻古探幽；清代康熙、乾隆皇帝六下江南，七巡惠山，留下了无数瑰丽诗篇和轶事佳话。苏轼的“独携天上小团月，来试人间第二泉”、乾隆皇帝的“惟惠山幽雅闲静”是这个景区最精彩的推介词。

▲ 无锡惠山天下第二泉

苏轼于熙宁七年（1074）游无锡，拜访惠山寺长老钱道人，写了《惠山谒钱道人烹小龙团登绝顶望太湖》这首诗。诗的首联“踏遍江南南岸山，逢山未免更留连”写诗人游历江南地区的许多名山，每当遇到风景优美的地方，都会不由自主地流连忘返。体现了诗人对江南美景的深深喜爱和不舍离去的情感，诗句雄健豪放，以大衬小。颔联“独携天上小团月，来试人间第二泉”中，“小团月”指的是宋代的一种名茶——小龙团茶，因其形状似圆月而得名。诗人独自携带似乎来自天上的小龙团茶，来到人世间著名的惠山第二泉，尝试用这泉水泡茶。这不仅是一种品茗的享受，更是一种将自然之美与人文之雅相结合的生活态度。诗句照应题面，以丰富的联想，把上品贡茶小龙团比作小团月，携来用泉水烹茶。“携”和“试”抒写了对第二泉的神往之情。苏轼在杭州期间经常称赞惠山泉水，也写过许多诗篇，赞颂惠山泉水最适合烹煮上贡的龙团茶。他刚到杭州的第二年就写过《求焦千之惠山泉诗》，请求当时担任无锡知州的焦千之寄送惠山泉水，说“精品厌凡泉，愿子致一斛”。“天上”“人间”既突出贡茶小龙团和第二泉的声誉，也写出了名茶与佳水的相得益彰。颈联“石路萦回九龙脊，水光翻动五湖天”描绘诗人登太湖绝顶望太湖，山路曲折环绕，形似游龙，如同九龙脊般蜿蜒伸展，而太湖则水光翻动，水天一色。这里既展现了惠山一带山势的险峻，也反映了诗人在攀登高峰过程中的心情变化。尾联“孙登无语空归去，半岭松风万壑传”，用三国时孙登和嵇康之典。《三国志·魏书·王粲传》注引《魏氏春秋》曰：“初，康采药于汲郡共北山中，见隐者孙登。康欲与之言，登默然不对。逾时将去，康曰：‘先生竟无言乎？’登乃曰：‘子才多识寡，难乎免于今之世。’及遭吕安事，为诗自责曰：‘……今愧孙登。内负宿心，外赧良朋。’”以嵇康自喻仕途不得意。孙登是一位隐士，“无语空归去”，形象地描绘了一个隐士独自离开的情形，表现出一种超然物外的高洁情怀。因孙登好长啸，结句“半岭松风万壑传”，表达了风景依旧、人事已非的慨叹。这句诗通过自然景观的描绘，进一步强化了孙登的隐者形象，表达了苏轼对隐士生活的向往和对自然美的热爱。同时，也反映了他对友人的深切怀念和对江南美景的眷恋。

惠山古镇位于江苏省无锡市梁溪区西部，占地面积 3.5 平方千米，核心区域面积 1.09 平方千米。其历史可追溯至南北朝时期建成的惠山寺，唐代和明清时期在寺旁建有园林、祠堂，形成惠山古镇。

新中国成立后，开发建设锡惠公园。2017 年，锡惠公园与惠山历史文化街区合并，组成惠山古镇景区。惠山古镇景区从区域功能上划分为文

▲ 惠山古镇

物古迹区、锡惠名胜区（锡惠公园）、历史文化街区（惠山老街）、山林保护区（惠山）四个游览区。

2020 年 1 月，惠山古镇景区被公布为国家 AAAAA 级旅游景区。截至 2024 年，惠山古镇景区内有寄畅园、惠山镇祠堂、天下第二泉庭院及石刻、惠山寺经幢 4 处全国重点文物保护单位，二泉书院等 4 处江苏省文物保护单位，以及龙光塔等 13 处无锡市文物保护单位。

寄畅园位于惠山古镇的核心区域。寄畅园初建于明正德年间，已有 500 余年的历史。寄畅园属于江南园林，具有极高的历史价值、艺术价值和欣赏价值。它是中国山麓别墅园林的代表，面积虽小，却能巧妙运用借景手法，将惠山、锡山秀色纳入园内，

▲ 寄畅园

以有限空间营造无尽意境，是中国古典园林的杰出典范之一。园内布局精巧，一步一景，每一处都有其独特的韵味。你可以漫步在九狮台，感受那份古朴与宁静；也可以在含贞斋内，品味那份雅致与恬淡。寄畅园史展览室则详细介绍了园林的历史沿革和背后的文化故事，让你更加深入地了解这座古典园林。

惠山镇祠堂是惠山古镇的重要组成部分，这里星罗棋布地分布着自唐代至民国时期的100余处祠堂建筑，涵盖了80多个姓氏、200多位历史名人。这些祠堂既有无锡本地人建的，也有外乡人来到无锡后为纪念祖先捐资筹建的。惠山镇祠堂的建筑风格和规模各异，但都充满了历史感和文化底蕴。这些祠堂不仅用于祭祀祖先，也是当时进行各种社会活动和商贸往来的重要场所。在这里，你可以感受到深厚的历史积淀和丰富的文化传承。

惠山泉位于惠山古镇景区内，原名漪澜泉，是江南的名泉之一。这里不仅是品茶的胜地，更是欣赏江南园林美景的好地方。惠山泉的历史可以追溯到唐代，当时这里就已经是品茶论水的佳地。唐代陆羽曾在此品茶论水，评定天下名泉为二十品，惠山泉被列为第二泉。自此以后，惠山泉名声大噪，吸引了众多文人墨客前来品茶赏景。这里的泉水清澈甘甜，水质极佳，是品茶的绝佳之选。同时，这里还可以欣赏周围精美的江南园林景色。这里小桥流水，绿树成荫，环境幽雅，如诗如画。除了品茶赏景，还可以了解惠山泉背后的历史文化。在惠山泉旁的二泉亭中，有一块石碑，刻有元代书法家赵孟頫所书的“天下第二泉”五个大字。在惠山泉东侧，有一座陆子祠，为纪念唐代茶学家陆羽而建。这里陈列着陆羽的塑像和相关文物，展示了他在茶学上的卓越贡献。

▲ 天下第二泉

惠山寺经幢，又称惠山寺石经幢，位于惠山寺山门外，共有 2 尊，分别建于唐乾符三年（876）和宋熙宁三年（1070），简称“唐陀罗尼经幢”和“宋大白伞盖神咒幢”。唐陀罗尼经幢高 6.26 米，共 19 级，底部直径 1.48 米，刻有《佛顶尊胜陀罗尼经》，由幢身、幢基、幢顶三部分构成，为双层八角形束腰式基座。宋大白伞盖神咒幢高 6.22 米，同为 19 级，底座直径 1.4 米，刻有《大白伞盖神咒》。两尊经幢并列竖立，间隔约 10 米。

▲ 惠山寺经幢

▲ 惠山泥娃娃（朱剑刚　拍摄）

除了以上景点，惠山古镇还有许多值得一游的景点。你可以去探访那些历史悠久的祠堂和古建筑，感受那份厚重的历史气息；也可以在古镇的小巷中漫步，寻找那些隐藏在角落的美景和故事；还可以向非遗大师请教惠山泥娃娃的制作工艺。

# 寄畅园

## 筑凤谷行窝成

◎明·秦金

名山投老住，卜筑有行窝。
曲涧盘幽石，长松宿碧萝。
峰高看鸟度，径僻少人过。
清梦泉声里，何缘听玉珂。

**旅游路线**

锦汇漪→知鱼槛→八音涧→假山群→凤谷行窝旧址

凤谷行窝是无锡寄畅园的前身，是明代正德年间秦金改惠山寺里名为“南隐”和“沤寓”的两个僧寮所营建的别业。和惠山寺仅一垣之隔，泉水伏流可通。又惠山东锡山近在数百步内，泉声山色，俯仰可即。

▲ 寄畅园“凤谷行窝”匾

秦金（1467—1544），字国声，号凤山，常州府无锡县（今江苏无锡）人。出生于书香门第，少时擅长属对，对语惊人。稍长，自强能学，擅名文场。弘治六年（1493），中进士。正德初，迁河南提学副使，改右参政。后历官湖广巡抚、户部尚书、南京兵部尚书。一生廉政自持，卒赠少保，谥端敏。著有《安楚录》《凤山诗集》。

这首诗为园主秦金所作，描绘出一幅宁静、清幽的山居画面。诗人细腻地描写其居住的周边环境，表达了远离尘世喧嚣、亲近自然的生活意趣与心境。首联“名山投老住，卜筑有行窝”扣住诗题，写自己老来在惠山这样的名山，选定一处地方建造自己的居所。“卜筑”即选择居住之地；“行窝”即别墅，不是常居的住宅。颔联“曲涧盘幽石，长松宿碧萝”描写了凤谷行窝优美的环境，曲涧幽石，长松碧萝，依山傍水，景色清幽。“曲涧”描绘出山间溪水的形态，是弯曲蜿蜒的。“盘”字体现出涧水环绕着幽石流淌的动态美。“幽石”强调石头的幽静、静谧，给人一种深邃的感觉。“长松”指高大的松树。“窅”有深远、深邃的意思。“碧萝”即碧绿的藤萝。诗人描绘了一幅山中景色图：弯曲的山涧环绕着幽静的石头，高大的松树间垂挂着碧绿的藤萝。

颈联“峰高看鸟度，径僻少人过”的意思是，闲看鸟飞高山，幽僻少人来访。诗人觉得在这里与山水相伴，赏清风明月，很是休闲自在。“峰高”突出山峰的高耸，站在这样的高处可以看到鸟儿飞过。“度”表示飞过。“径僻”指小路偏僻，因为偏僻，所以很少有人经过。尾联“清梦泉声里，何缘听玉珂”，抓住园中的惠山泉之美妙，在清梦中也能听到泉声，写自己的园居生活。“清梦”表示纯净、清幽的梦境。“泉声里”表明在泉水流动的声音中入梦。“玉珂”原指马络头上的装饰物，多以贝壳装饰，色白似玉，震动时有声音，谓马铃。“何缘”即何种缘由。这两句写诗人隐居在惠山脚下，能在泉水声中入梦，不再听到嘈杂的马声。这首诗表达了诗人渴望远离尘世喧嚣、官场纷争，在名山之中享受宁静、清幽的归隐生活的心境。

寄畅园，始建于明正德十五年（1520），兴盛于明万历至清康乾年间，是江南地区山麓别墅式古典园林、无锡市唯一的明代古典园林，与瞻园、留园、拙政园并称江南四大名园。寄畅园的总体布局以水面为中心，西、北为假山接惠山余脉，山势相连，东边则是亭榭曲廊，相互映衬。园景以惠山为背景，锡山龙光塔为借景，山外有山，楼外有楼，空间层次感极强。

寄畅园是最有故事的园林之一，数百年间，这园子荒了、兴了……轮回中，激荡着几代主人起伏的命运。寄畅园也从一座疏野小园，出落为冠绝江南的天下名园。寄畅园的兴建与秦氏族人有着密切的关系，其发展历程颇为曲折。元朝时期，寄畅园仅是惠山寺的两间僧舍，名为“南隐”“沤寓”。明正德十五年（1520），北宋著名词人秦观的后裔秦金购得僧舍，并在原僧舍的基址上垒山凿池，移种花木，营建别墅。秦金号凤山，扩建的园林又在惠山的山谷里，故而他将私园取名为“凤谷行窝”，奠定了园

▲“山色溪光”“玉戛金枞”刻石

林以山林野趣为主的雏形。秦金逝世后，其后辈秦翰、秦梁父子继承该园。嘉靖三十九年（1560），秦翰与秦梁重新设计假山、水池的布局，“葺园池于惠山之麓”，园林又名“凤谷山庄”。多年后，园林由秦梁之侄秦燿接手。万历十九年（1591），朝堂失意的秦燿寄抑郁之情于山水之间，疏浚池塘，改筑园居，在原园林之上新建园景20余处，每景题诗一首。秦燿取王羲之的诗句“取欢仁智乐，寄畅山水阴”之意，改园名为“寄畅园”。清康熙初年，秦燿的曾孙秦德藻邀请当时的造园名家张涟精心布置园林，掇山理水，疏泉叠石，园景益胜。“由是兹园之名喧传大江南北。四方骚人韵士过梁溪者，必辍棹往游，徘徊题咏而不忍去。”康熙和乾隆两位皇帝都非常欣赏寄畅园，他们下江南时，总要去寄畅园游玩一番。康熙皇帝还特意为寄畅园题写了“山色溪光”刻石、“松风水月”匾额，乾隆皇帝则认为“江南诸名胜，惟惠山秦园最古”。乾隆皇帝更是以寄畅园为蓝本，在北京万寿山建造了惠山园，即如今颐和园中的谐趣园。

寄畅园位于惠山山谷之北，地形起伏，有先天的造园优势。“天下第二泉”——惠山泉作为寄畅园的水源，清冽的泉水由西、南两个方向注入园中心的锦汇漪，赋予了寄畅园质朴自然、清幽旷古的气质和情韵。

寄畅园以山、池为中心，池西、南为山林自然景色，池东、北则以建筑为主，整体布局巧于因借，精在体宜。

从借景来看，自园内锦汇漪东岸向西望去，可见对岸假山上的蓊郁树木，再远借惠山优美山形，构成远、中、近三个观赏层次。若从池北岸的嘉树堂向东南望去，锡山及龙光塔被借景入园内，又是一幅绝美的画图。

▲ 嘉树堂

在理水方面，寄畅园传承了古典园林“大水宜分，小水宜聚”的理水手法，通过建筑、桥梁、置石等对大小水面进行分割，不见其水口，也不知其所踪，精妙绝伦。

寄畅园的叠山手法尤为巧妙。园西部的假山中部隆起，首尾两端渐低。如此一来，假山的山首迎锡山，山尾向惠山，与锡惠二山的衔接极其自然，犹如真山余脉，真乃匠心独运之笔。

寄畅园中的建筑物以木材和砖石为主要材料，色彩淡雅，让人感到宁静和舒适。这些建筑物的屋檐曲线优美，细腻的木雕和石刻装饰着墙壁和门窗，展示了江南园林的精美和雅致。在建筑的布局上，寄畅园注重形成错落有致的景观，通过不同建筑物之间的相互衬托，形成了一种和谐的氛围。不论是小巧玲珑的亭台，还是宏伟壮丽的楼阁，都展现出江南园林建筑的独特风格。

▲ 借景锡山龙光塔

寄畅园的各个景点都有其独特的意境和美感。其中最著名的景点包括知鱼槛、七星桥、八音涧等。知鱼槛是一个让人心旷神怡的地方。它坐落在园中的一片湖泊旁边，是康熙皇帝下江南时特别喜爱的地方。知鱼槛建筑风格别具一格，其屋顶呈弯曲的形状，与周围的池塘和树木相互映衬，形成了一种独特的景观。七星桥是园中的另一个著名景点，它因寓意北斗七星而得名。这座石拱桥横跨在一片湖泊之上，曲线优美，与周围的山水景观相互辉映。夜晚，七星桥上的灯光照亮了整个园区，给人一种如梦似幻的感觉。八音涧是明末清初时由著名的造园专家张涟、张钺叔侄俩花费近 20 年心血，以黄石堆砌而成的，用暗道引来了天下第二泉的水作为山涧清泉，做到了叠石与理水的巧妙结合。虽为人作，却宛若天开，寄畅园的山野气息在这里也被渲染到了极致。“八音”是对乐器的统称，指的是用金、石、丝、竹、匏、土、革、木八种器材制成的乐器。西晋诗

▲ 知鱼槛

人左思曾经在诗中写道：“非必丝与竹，山水有清音。”意思是身处这样一个美好的环境里，根本不用弹琴作乐，因为大自然中山水流动的声音本身就是一首乐曲。八音涧总长 36 米，谷深 1.9 米到 2.6 米，最宽处 4.5 米，最狭小处只有 0.6 米。涧底是用黄石铺砌的自然式地面，其宽度时大时小，变化曲折。惠山泉水从园外经过暗渠，在涧溪的西端汇集于一小池之中，这里便是奏响“八音”的活水源头。然后，水由涧底道路一侧的石槽中流下，随着涧谷的转折从上游蜿蜒而下，忽断忽续，忽聚忽散，忽隐忽现，忽急忽缓。因落差而产生的滴水声，混合着汩汩流水声，在空谷中回响，宛如八音齐奏。

寄畅园作为构筑在自然山川之间的山麓别墅式园林，以自然风景取胜，建筑简约，风格幽寂淡雅，踏身而入，有远离尘嚣、栖身山林之感，大有返璞归真的意趣。

▲ 八音涧（一）

▲ 八音涧（二）

# 灵山

## 渡太湖登马迹山

◎清·赵翼

元气混茫间，雄观上碧孱。
无边天作岸，有力浪攻山。
村暗杨梅树，津开苦竹湾。
离家才廿里，垂老始跻攀。

旅游路线

灵山大佛景区（含九龙灌浴、灵山梵宫）→拈花湾小镇

马迹山简称马山，古称夫椒山，是太湖中的第二大岛屿，位于无锡的西南端，雄踞太湖的西北部，全岛面积约 34 平方千米。马迹山原为太湖孤岛，1970 年经围湖造田后成为半岛，与陆地相连。马迹山西北狭窄，东北宽广，形似骏马。

▲ 太湖马迹山（朱剑刚　拍摄）

赵翼（1727—1814），字云崧（一作耘崧），号瓯北，别号三半老人，常州府阳湖县（今江苏常州）人。清中期史学家、文学家。乾隆二十六年（1761）中探花，赐进士及第，授翰林编修。历任镇安知府、广州知府等职，官至贵西兵备道。后辞官，主讲于扬州安定书院。长于史学，考据精赅，所著《廿二史札记》，与王鸣盛《十七史商榷》、钱大昕《廿二史考异》合称“清代三大史学名著”。

这首诗是诗人晚年游览太湖和马迹山时所作。诗的首联“元气混茫间，雄观上碧孱”先从总体上描绘太湖之大、马迹山之高。“元气”，这里指水汽。“碧孱”，即苍碧的山巅。这两句诗描绘了太湖的壮阔景象，以及马迹山山峰在碧空中耸立的景象，表达了诗人对大自然的敬畏与赞美。颔联“无边天作岸，有力浪攻山”写太湖浩瀚无边，湖的尽头是天边，水浪冲击着山脚，卷起一阵阵的浪花。“天作岸”形容湖面辽阔，仿佛天际线成为湖岸；“浪攻山”形象地表现了湖浪冲击山石的力量。颈联“村暗杨梅树，津开苦竹湾”中，“村暗”指杨梅村因产八角杨梅，树密而荫暗。“苦竹湾”是地名，太湖旁的一个港口，因多水竹而得名。山村隐藏在杨梅树丛里，湖水通向苦竹湾。诗中一个“攻”字形象地表现了水浪的汹涌，而一个“暗”字便展现了杨梅树的茂盛。这些描写使景物更加生动和具有层次感。尾联“离家才廿里，垂老始跻攀”，“跻攀”指登攀。这两句写马迹山距离诗人的家只有20里，但他到垂老时才有机会攀登，这种经历让他感到遗憾，可能也有对时光流逝的感慨。全诗不仅描绘了太湖和马迹山的自然风光，也有诗人对人生与人生价值的反思，即对身边美好的事物要珍惜。

马迹山具有十分丰富的历史文化景观和自然景观。其历史文化价值主要体现在众多的吴越文化遗存，以及历代文人墨客的题咏、丹青及其归隐等文化活动上。这些文化积淀奠定了马山神话文化、吴越文化、民俗文化、佛道文化、现代文化五块文化基石。

马迹山的地质历史也十分独特。据记载，马迹山一带属于太湖原始断裂带。大约在200万—300万年前，这里曾是一个海湾，后因长江和钱塘江冲积物的包围而封闭成浅水吞吐湖泊，最终形成了淡水湖太湖。而在距今5000多年的新石器时代，马迹山就有人类居住的痕迹，出土的石斧、石锄等文物证明了早期人类的活动痕迹。

在古时的漫长岁月里，马迹山几乎一直属于常州武进管辖，是历代文人骚客游览太湖的胜地，也是名人志士归隐田园的首选之地，王昌龄、皮日休、陆龟蒙、范仲淹、陆游、范成大、唐寅、赵翼等人都曾来此游玩并写下许多诗篇；宋朝文人许叔微、孙觌等人都曾归隐这里，并留下“梅梁小隐”“孙觌山庄”等遗迹。

这里出土了新石器时期的石斧、石锄等崧泽文化遗物。这里留有吴王阖闾城、聚马湾、战鼓墩、伍子盟顶、龙山石长城、龙山石冢等大量春秋时期的文化遗存。唐代名僧玄奘的大弟子窥基在马山灵山庵首开慈恩宗。

这里还有东汉葛玄、东晋葛洪炼丹著述的云居道院，宋代名医进士许叔微的梅梁小隐，清代史学家、诗人赵翼的桃坞墓冢等一批历史文化遗迹。马山还是太湖地区的抗日根据地，建有马山革命烈士陵园。

1992 年 10 月，经国务院批准成立的无锡太湖国家旅游度假区就坐落在马迹山半岛，总规划面积 65 平方千米，拥有 42 千米风景优美的湖岸线，区内有 57 座峰峦、38 处津湾，享有“山水氧吧”的美誉，是华东地区少有的一块“净土、净水、净空”之地。

灵山大佛景区位于无锡太湖旅游度假区，占地面积约 0.3 平方千米。灵山大佛南面太湖，背倚灵山，左挽青龙（山），右牵白虎（山），巍然屹立，气势雄伟壮观。大佛高 88 米，是中国第二高的巨型佛像；连同三层基座在内通高 101.5 米。灵山大佛双目垂视，眼神睿智慈祥，衣着线条流动，立体感强。

▼ 灵山

拈花湾作为灵山佛教文化的重要组成部分，总体以“禅”为主题元素，生态秀美，环境优越。拈花湾的命名，一方面源于灵山会上佛祖拈花而迦叶微笑的经典故事，另一方面源于它所在的地块形似五叶莲花。从风格上看，拈花湾是禅意山水和唐风宋韵融合而成的文化小镇；从功能上看，它既是世界佛教论坛永久会址的配套工程，又是一个让心灵度假的旅游胜地。因此，拈花湾也被定位为世界级的禅意旅居度假目的地。

▲ 拈花台

▲ 拈花湾

阖闾城遗址位于无锡马山街道阖闾社区和常州武进雪堰镇城里村之间。在2008年召开的全国专家论证会上，该遗址被认定为吴王阖闾都城，被评为“2008年度全国十大考古新发现”之一。阖闾城建于公元前514年。古城遗址作东西向，城的形制分东、西两城，长约1300米，宽约 800 米。2014 年，阖闾城遗址博物馆对外开馆，其建筑造型舒缓流畅，恍若破壳而出的凤凰，寓意为“凤凰涅槃”，象征着阖闾城在 2500 年后获得重生，再现辉煌，是一个集文物展示、考古研究、科普教育及文化休闲于一体的多功能博物馆。

如今的马迹山，既是徒步者探秘的“太湖地质公园”，也是亲子家庭追逐的“生态乐园”。太湖岸边的骑行道上，落日将骑行者的影子拉长。这座集自然博物馆、文化朝圣地、心灵疗养所于一体的半岛，正以最本真的太湖风情，迎接每个渴望诗意栖居的灵魂。

蠡湖

# 水居

◎明·高攀龙

有客风尘归去来，兀然孤坐水中台。
九龙山似翠屏立，五里湖如明镜开。
春雨蕨肥菰米饭，秋风鲈美菊花杯。
蒹葭白露伊人在，淴向江天亦快哉。

**旅游路线**

蠡湖之光→渤公岛→渔父岛→蠡园

蠡湖位于无锡市西南，是太湖的一部分，古时又名五里湖或五湖，湖滨有蠡园。相传春秋末年越国灭吴后，大夫范蠡目睹越王勾践的种种行为，知其可共患难，而难以共处乐，于是偕西施泛舟五里湖上而隐退，此湖也因之得名。蠡园三面临湖，亭、廊、堤均傍水而筑，千步长廊，曲岸枕水，壁上嵌有苏轼、米芾、王阳明书法碑刻。整个蠡湖在远山近水的衬托下，外景开阔，风光明媚，景物秀丽。

高攀龙（1562—1626），字存之，又字云从，号景逸，无锡（今属江苏）人。明朝政治家、思想家，东林党领袖，“东林八君子”之一。万历十七年（1589）进士，能诗擅文。官左都御史，因反对魏忠贤而被革职。为躲避阉党陷害，他一度结庐五里湖畔隐居，曾与顾宪成在东林书院讲学，但宦奸阉党仍不放过他，派人抓捕。后投水自尽，时年64岁。著有《高子遗书》12卷等。

这首诗是诗人为躲避阉党陷害，在五里湖畔建造的读书处隐居时所写的。诗的首联“有客风尘归去来，兀然孤坐水中台”写诗人因过去一直奔波在外为官，今归来故乡无锡，故自称“客”。“归去来”表达了诗人对于远离尘嚣、回归自然的渴望。“水中台”指水中的楼台，为诗人经常登而望湖的地方。诗人终于风尘仆仆地回到故乡，独自一人在水中的楼台之上望湖而思绪万千。颔联“九龙山似翠屏立，五里湖如明镜开”中，“九龙山”即惠山。该联描写惠山苍翠绵延和蠡湖水面如明镜清澈的美景，即九龙山像翠绿的屏风一样矗立着，五里湖则像一面明亮的镜子一样展开。颈联“春雨蕨肥菰米饭，秋风鲈美菊花杯”中，“蕨”是太湖周边一种野菜，蕨菜要摘扭曲的嫩头吃。“菰”是长在太湖边的一种植物，它的种子就是菰米，“菰米饭”指用菰米烧的饭，糯软香滑。“鲈”是太湖的一种名贵的鱼，到了秋季格外肥美。蕨菜、菰米和鲈鱼都是太湖的特产。“菊花杯”指秋天品酒赏菊。回到家乡，春天可以品尝美味的蕨菜和糯香的菰米饭，秋天赏菊花，并品尝鲈鱼和美酒，好不惬意！这些细节不仅表现了诗人对食物的享受，也体现了他对食物自然生长周期的深刻理解。尾联“蒹葭白露伊人在，恣向江天亦快哉”中，“蒹葭”出自《诗经·秦风·蒹葭》：“蒹葭苍苍，白露为霜。所谓伊人，在水一方……溯游从之，宛在水中央。”伊人，可以有多种理解，或指心中思念的人，或指美好的形象，等等，诗中保留了一种诗意的、朦胧的美感，描绘出一幅芦苇苍苍、白露凝结之时，所思念之人仿佛居于水中央的场景。“恣”有放纵、尽情的意思，诗人面对着江天可以尽情地抒发自己的情感，感受到一种畅快之情。

古往今来，蠡湖的秀美景色一直为文人墨客称颂。明代万历年间无锡人华淑《五里湖赋》把蠡湖和西湖相比，认为“西湖之胜，以艳、以秀、以嫩、以园、以堤、以桥、以亭、以祠墓、以雉堞、以桃柳、以歌舞，如美人焉；五里湖以旷、以老、以逸、以莽荡、以苍凉，侠乎？仙乎？而于雪、于月、于烟雨、于长风淡霭”则更为悦目爽神。明末王永积在《锡山景物略》中提出，蠡湖与西湖相似，缺少的只是“胭脂”，如果建楼台、造祠堂、筑湖堤、种花木，蠡湖的景色绝不会比西湖差。



▼ 蠡湖烟绿（朱剑刚　拍摄）

蠡湖山水组合奇佳，山外有山，湖中有湖，风光旖旎，山水独胜。近年来，无锡陆续投入近百亿元规划建设了 38 千米的沿湖岸线、9.1 平方千米的水域面积和十八湾生态风光带。同时，还以蠡湖地区深厚的文化底蕴为基础，以江南园林的独特造诣为特色，结合现代园林艺术，相继修复了蠡湖公园、中央公园、渤公岛生态公园、水居苑、蠡湖大桥公园、长广溪湿地公园、宝界公园、管社山庄、金城湾公园等公园。

蠡湖之光是游客进入蠡湖景区的重要入口，也是蠡湖百米高喷泉的观赏点。百米高喷泉是蠡湖标志性景观，它包括主喷与辅喷，主喷喷高 120 米，辅喷喷高 40 米，裙喷喷高 30 米，气势磅礴。入夜，激光照明与水柱共舞色彩，演绎出蠡湖之光“绿色、生命、环保、人文”的时代主题。

蠡湖大桥公园位于蠡湖大桥北堍，为蠡湖风光带重要节点。其中的施苑，取名于范蠡、西施泛舟蠡湖的历史传说。环水而筑的水镜廊中西合璧，造型别致，廊内镌刻古今赞美太湖的名人诗词、绘画、摄影精品，凸显太湖文化的斑斓，体现五湖悠久的文明。公园内还坐落着世界首座水上摩天轮——“太湖之星”。坐上摩天轮，不仅能看到太湖仙岛、鹿顶山等自然风光，还能眺望无锡市区。这座水上摩天巨轮与蠡湖大桥共同组成无锡湖滨城市的标志性建筑。

▲ 蠡湖水上摩天轮“太湖之星”（朱剑刚　拍摄）

▲ 蠡园百花山房（朱剑刚　拍摄）

湖中还有渤公岛、鸥鹭岛、渔父岛等岛屿。其中渤公岛位于环湖路大渲桥南侧与鼋头渚公园接壤处，是为了纪念古代治水先贤张渤而取此名的。岛上处处可见以治水为主题的文化景观，展现了丰厚的人文生态底蕴。岛上还有一座蠡湖展示馆，以传承蠡湖文化，展现蠡湖的历史沿革、社会变迁及经济发展进程等。鸥鹭岛是鸥鹭栖息的天堂乐园。整个岛屿尽可能创造出一种自然环境，为鸥鹭提供嬉戏、藏身的休息地。每当风和日丽之时，在烟波浩渺的蠡湖上空，成群的鸥鹭从岛上飞出，翱翔在水面上，与蠡湖秀美的自然风光和如织的游人互动，呈现出明代诗人孙继皋在诗中描述的“樯底莺声春欲尽，席边鸥侣暖相呼”的胜景。渔父岛，因



▼ 渔父岛和渤公岛之间的蠡堤（朱剑刚　拍摄）

范蠡隐居蠡湖养鱼制陶，写下中国首部养鱼专著《养鱼经》，民间称其为渔父而取名。在岛与蠡堤衔接处，有一四角形治水亭屹然而立，亭中有一块高大石碑，碑上刻有范蠡的《养鱼经》。亭前有范蠡撰写《养鱼经》的场景雕塑。

蠡堤位于渔父岛西侧，北连渤公岛，略呈S形，全长1200米，平均宽9米，是一条以范蠡为主题的生态堤岸。全堤堤桥相连，讲述范蠡一生功绩显赫、颇具传奇色彩的事迹。移步长堤，西眺湖面，杨柳风轻湖面宽，湖山春来如画图，使人不由得从心底涌出清朝刘齐《晓渡蠡湖》中的诗句："烟收远树山徐出，月落寒涛水正平。"

▲ 蠡湖南岸（朱剑刚　拍摄）

蠡湖南岸有宝界山，又名朱山，建有唐城、三国城、水浒城等中央电视台无锡影视基地。北岸有蠡园、蠡湖中央公园、亚洲城。宝界桥横卧湖面，为我国著名实业家荣德生、荣智健捐建，长300多米，将蠡湖东西分开。蠡湖东岸有"高子水居"遗迹，是明末东林党人高攀龙隐居读书的地方。蠡湖东南为长广溪湿地公园，西南则为太湖风景名胜区的主要景点之一——鼋头渚公园。可以说，整个蠡湖地区是无锡太湖山水组合奇佳、历史人文积淀深厚的天赐风水宝地。

▲ 宝界山和宝界桥（朱剑刚　拍摄）

阳山

## 阳山结茅杂咏（其一）

◎清·实乘

群峰炫苍翠，变化非一颜。
我屋苍翠中，真可忘其年。
但观心似云，岂知身在山。
清机发深省，谷响为吾宣。

旅游路线

阳山火山地质公园→朝阳禅寺→安阳书院→桃花岛景观公园→桃源村

无锡阳山，古称安阳山。阳山是华东地区唯一的锥形火山，由1.4亿年前的中酸性火山碎屑融合而成，特别适合桃树的栽种。阳山桃树栽培已有上百年历史了，阳山是中国著名的水蜜桃之乡，其水蜜桃以晶莹剔透、皮嫩肉甜而享誉海内外，人称“江南一绝”。

▲ 无锡阳山



阳山因周武王封周章少子赟于无锡为安阳侯，卒葬此山而得名。距无锡市区15千米。南临美丽的太湖，北靠京杭大运河。位于境内的四座山丘林壑优美，风景怡人。四座山丘分别是狮子山、长腰山、大阳山、小阳山。现在这里栽培种植了3万多亩的水蜜桃树，有着“一年四季皆风景，山环水绕桃花源”的迷人风光。

实乘，生卒年与俗姓均不详，1723年前后在世。字诵苕，无锡人，清代诗僧。所著《蔗查集》由阮元作序并刊刻。曾向沈德潜学诗。其诗风格独特，甚得王文治等名家所推崇。实乘的五言古诗《忆旧隐》写得蕴藉委婉，含蓄深情，令人深思遐想：“孤馆静无人，飞花竟狼藉。阳春忽已徂，愁思起日夕。念彼远峰青，面此浮云白。苍苍屋后松，巢鹤待归客。”

此诗描绘出孤馆无人的寂静场景，飞花狼藉暗示时光流逝，阳春已过引发愁思，通过远峰和浮云的描写，烘托出一种寂寥又带有思念之情的氛围。诗中把孤独、愁思等情感融入对孤馆、飞花、远峰、浮云等景物的描写之中，情感表达得细腻委婉。实乘的诗反映了清代的社会风貌、文人的生活状态和思想情感。他以寺院生活为背景，结合自身的感悟创作的诗歌丰富了清代文学的内容，虽然可能不像一些大家之作那样广为人知，但对于研究清代地方文学、寺院文化背景下的文学创作及文人的精神世界有着重要的意义。

这首诗的首联“群峰炫苍翠，变化非一颜”描绘了群山的景象。众多山峰展现出浓郁的翠绿色，“炫”字生动地写出了山峰翠绿之色的耀眼夺目。而“变化非一颜”则表明这些山峰的翠色不是一成不变的，而是随着时间、光照、季节或者观赏角度的不同呈现多种变化，展现自然景色的丰富多彩与变幻无穷。颔联“我屋苍翠中，真可忘其年”写诗人的屋子位于这片苍翠的群山之中，在这样的环境里仿佛能够忘却时间的流逝。“真可忘其年”表达出一种远离尘世喧嚣、沉浸于自然的宁静之感，显示了自然对人的心灵安抚的力量，使人超脱凡世。颈联“但观心似云，岂知身在山”，诗人说自己的心如同云朵一般，云朵是自由自在、飘荡无拘的，这象征着诗人内心的自在和空灵。“岂知身在山”进一步强调了诗人超凡脱俗、沉浸在内心世界的状态，以至于忘记了自己身处山林之中，表现出一种物我两忘的境界。尾联“清机发深省，谷响为吾宣”中，“清机”意为一种清幽、纯净的机缘或思绪，这种思绪能够引发深刻的省悟。“谷响为吾宣”则是说山谷的回声仿佛为诗人传达着某种深意。山谷的回声本是自然现象，但在这里被诗人赋予了一种与内心感悟相呼应的意义，仿佛大自然与诗人的内心世界产生了共鸣，从而深化了诗中的禅意与哲理。

全诗具有一种清幽、淡雅的风格。诗人通过对自己居住的阳山周围环境的描写及对内心状态的刻画，传达出一种追求宁静、超脱世俗的生活态度和精神境界。在文学价值上，它展现了清代诗歌在描绘自然与表达心境方面的细腻与深邃，也反映了当时文人对自然与内心关系的思考。

阳山是我国著名的水蜜桃之乡，目前为省级生态休闲旅游度假区，以亿年火山、万亩桃园、千年古刹、百年书院为代表，有机融合地质科普文化、桃源农耕文化、佛教禅宗文化、儒家书院文化等文化元素，形成“文化、生态、休闲、养生”的旅游核心体系。这里有“望得见山，看得见水，记得住乡愁”的特色乡村景观，有3万多亩桃林、4座原貌青山，有随处可见的山林、桃园、茶场、温泉、竹海、池塘、苗圃、白鹭，春可赏桃花美景，夏能纳凉避暑，秋得采摘之乐，冬有温泉养生。

所谓“亿年火山”，即阳山火山地质公园，它位于阳山镇区东北约1.5千米，境内有1.4亿年前侏罗纪末期地壳构造运动（燕山运动）熔岩喷溢所形成的安阳山、小阳山及狮子山等孤岛状山丘。其中占地约1平方千米的安阳山是华东地区唯一典型的火山锥地貌，山顶火山喷发口清晰可见，现山体风貌、地质景观、地质遗迹依旧十分壮观。阳山火山地质公园是以安阳山为主体，以火山岩地质为主要地质科考和地学科普景区，融合生态农业风光、农家乐休闲及郊野旅游的综合性地质公园，现为省级地质公园。

千年古刹即朝阳禅寺，它依安阳山朝阳洞而建，始创于南朝梁太清元年（547），曾为翠微禅寺后院，几经兴废。宋淳祐六年（1246），寺僧道隆东渡日本，布传临济禅，成为一代宗师，卒后谥号“大觉禅师”。1999年，重整残宇，再焕佛光；赵朴初题写今额。朝阳洞内有中日共建的“大觉禅师供养塔”，现为无锡市文物保护单位。

百年书院即安阳书院，始建于清同治三年（1864），为典型清代古建筑，是李鸿章的幕僚钱勖建造的。这座书院文脉久远，人才辈出，曾培养出被称为“中国的罗丹”的雕塑大师钱绍武，还曾先后出了4位将军、2位大使、5位博士生导师、10多位教授。现为江苏省文物保护单位。

▲ 安阳书院

桃花岛景观公园以桃为主题，糅合了英式和江南园林风格。公园由 2 个大岛屿和 3 个小岛屿组成，营造出春、夏、秋、冬四季不同的景观效果。园内亲水平台、休闲景观亭、景观喷泉、景观植物相互映衬，同时将桃文化融入其中，种植世界各地桃树种 150 余种，共同构成一个融生态与景观为一体的四季花开的生态景观公园。

桃源村地处阳山镇的核心区，青山环秀而居，四季风景嫣然，是阳山省级生态休闲旅游度假区最具生态风光、人文底蕴、休闲魅力的村落之一。穿行于村间，粉墙黛瓦的民居依山傍水，斑斓的观光步道蜿蜒向远。在山南文化艺术村片区，精品民宿、咖啡馆、手作工作室外形雅致，令人目不暇接。优雅艺术与乡村风貌相融合，碰撞出了赏心悦目的视觉效果，让来到此处的人忘却了烦恼与疲惫，陶醉在美丽田园之中。

“桃经济”为阳山带来了人气，也让当地业态越来越丰富多元。阳山水蜜桃、阳山糕团、非遗工艺桃木雕刻、乡村咖啡屋、露营地、桃文化创客中心……桃源葫芦谷商业汇集，一半是文创展示，一半是市井生活。街区从“一店一招牌”起步，形成了独具阳山地方特色、涵盖多种门类的一大批老店、精品店及“网红”店。

# 梅园

## 雪中游梅园

清·胡蕴

万百千株树，来看雪代花。
居然有梅癖，意外遇诗家。
笠屐追年少，星霜感岁华。
纷纷堕丹叶，踏破一山霞。

**旅游路线**

洗心泉→诵豳堂→念劬塔→积雪堂→开原寺→古梅奇石圃

无锡梅园距无锡市中心 5 千米，坐落在西郊的东山、浒山和横山之间。梅园前临万顷太湖，背靠龙山九峰，园中倚山植梅，花径蜿蜒，湖石玲珑。每年早春，山坡上的梅花凌寒开放，山翠梅艳，风光旖旎，是久享盛誉的江南赏梅胜地。

▲ 无锡梅园（朱剑刚　拍摄）

胡蕴（1868—1939），字介生，号石予，昆山人。幼年多艰，父亲早逝，19 岁应乡试不中，此后便专心在家乡授徒，后任教于苏州草桥中学（今苏州市第一中学）、省立第一师范学校、振华女校。胡蕴风骨高洁，对学生言传身教，顾颉刚、叶圣陶、郑逸梅、吴湖帆、顾廷龙等人都是他的学生。他是南社成员，著名诗人柳亚子赞他作诗有捷思敏才，更有人推许他为“江南三大儒”之一。喜画墨梅，信笔所之，自然成趣。著有《半兰旧庐诗稿》。

胡蕴爱梅成癖，擅画梅，数次前来无锡梅园游赏。这首诗的首联“万百千株树，来看雪代花”写看到梅园的梅树之多，想象盛开的梅花之盛，点出“雪”字，呼应题目，说明诗人是在雪中游览梅园。颔联“居然有梅癖，意外遇诗家”将梅花与诗人对写，诗人赏梅寻诗，以北宋隐逸诗人林逋自比。林逋一生不娶不仕，以梅为“妻”，以鹤为“子”，有“梅妻鹤子”之说，他的著名梅花诗句“疏影横斜水清浅，暗香浮动月黄昏”清新自然。这里诗人写自己也与梅花结为知己。颈联“笠屐追年少，星霜感岁华”中，“笠屐”指戴笠穿屐，古代文人出行时所穿的装备，这里指年轻时的漫游和探索。“星霜”指头发花白。诗人感到时光飞逝，在时间的流转中自己逐渐衰老，有感于岁月催人，年华已老。尾联“纷纷堕丹叶，踏破一山霞”，意思是虽然年岁不饶人，但是自己仍与少年游人追逐，踏破一山红叶，这是诗人的一种豪兴。整首诗通过对雪景、梅花及岁月流转的描写，表达了诗人对自然美景的欣赏和对时光流逝的感慨。

无锡梅园，现在是太湖风景区的重要组成部分，原为我国著名实业家荣宗敬、荣德生的私家园林。梅园以梅花驰名，是江南四大赏梅胜地之一。梅园的设计者根据这里的地势高低，结合了梅园的特点，以梅饰山，倚山植梅。梅园内一共种植了5000多株梅花，2000多盆梅桩，有素白洁净的玉蝶梅，有花如碧玉、萼如翡翠的绿萼梅，有红颜淡妆的宫粉梅，有色如胭脂的朱砂梅，有枝干盘曲、矫若游龙的龙游梅，等等。还有虬枝倒悬、枯树老干、疏影横斜的梅桩艺术盆景。

无锡梅园横山风景区现有三大主要景区：以梅文化及荣氏文化为主题的梅园景区，集自然与风格各异的园林景观于一体的园林博览园，引种奇花异草的花溪景区。

第一部分梅园景区，有洗心泉、天心台、念劬塔、诵豳堂、读书处等众多与荣氏有关的人文建筑；又有集天下古梅与奇石于一体，结合中式园林建筑的古梅奇石圃，内有中国唯一的梅文化博物馆以及岁寒草堂、

▲ 荣毅仁塑像和读书处（朱剑刚　拍摄）

冷艳亭等建筑。徜徉其间，可以了解梅花的科普知识，领略博大精深的梅文化，感受梅花精神。

▲ 诵豳堂（朱剑刚　拍摄）

洗心泉凿于1916年，荣德生专门为它取名“洗心泉”，意思是“物洗则洁，心洗则清”。1983年重浚，泉畔补立刻石，著名梅花专家陈俊愉教授重书泉名。石壁上新镌荣毅仁少年时代撰写的《洗心泉记》刻石。

▲ 洗心泉（朱剑刚　拍摄）

开原寺建于1930年，由荣德生出资、量如和尚商议募捐而建，是无锡非常有名的寺庙，被称为无锡的“小灵隐”。开原寺有三宝：泰国弥勒佛铜像、日本梵钟、美国佛祖菩萨画像。荣毅仁在修建玉佛大殿后，收集到一部清代光绪年间刻印的《大藏经》，它是梅园十分珍贵的文物。1989 年，开原寺又新增了一尊长达 3 米、重 6 吨，由美国佛教协会赠送的华东第一大玉佛，为此特意建造了玉佛楼。人们很早就有到开原寺听钟声的习俗，每年的除夕、元旦前夕都有很多的中外游客来梅园开原寺参加听钟声、迎新年的活动。

▲ 开原寺（朱剑刚　拍摄）

念劬塔是梅园的点睛之笔，也是梅园的标志性建筑。该塔三层 18 米，建于 1930 年，是荣宗敬、荣德生兄弟为母亲石太夫人而建的纪念性建筑，以怀念父母的养育之恩。

▼ 念劬塔（朱剑刚　拍摄）

积雪堂建于 1986 年，荣毅仁书写匾额，是一组具有江南水庭风格的建筑群，主体建筑为“积雪堂”。碑廊始于亭，绕亭而过，终于榭。廊内墙壁嵌有“玉虹楼帖”“真赏斋帖”等古碑112方，由荣家于新中国成立前购于山东。

▲ 积雪堂（朱剑刚　拍摄）

▲ 天心台（朱剑刚　拍摄）



天心台建于1914年，源于“梅花点点皆天心”之意。台前耸立三峰太湖石，酷似“福”“禄”“寿”三字，故称“三星石”。天心台南有峰太湖石，名叫“米襄阳拜石”。相传宋代大书法家米芾任职丹徒时，此石即为其园中之物，而他又爱石成癖，后人称之曰“米襄阳拜石”。

第二部分园林博览园，集自然与风格各异的园林景观于一体，布置有风车、吊桥、咖啡屋、教堂等。畅游其间，开阔的大草坪、高大的香樟林、炫目的球宿根花卉、浅滩倒影，无不体现出博览园特有的风情。

第三部分花溪景区，溪流依山势而行，两旁山坡种植铁线莲、高山杜鹃、老鹳草、绣线菊等百余种奇花异卉，并建有规模巨大的岩石景观，绿树巨荫与突兀大石相间，流水淙淙其间，倒映着蓝天白云，与群山融为一体，构成一幅“蓝天、青山、巨岩、卵石、花卉、浅潭、溪流”动静结合的天然画卷。整个景区春天绚烂多彩，夏日溪水潺潺、秋季馥郁香浓，冬令苍青爽朗，一年四季花芬芳，一年四季色艳丽。

“四面有山皆入画，一年无日不看花。”几十年持续不断的园林营造，使梅园风景区形成了“初春探梅、仲夏观荷、金秋赏桂、隆冬踏雪”的四大特色，人与自然和谐的生态景观给人一种回归自然、超越自然的感受。

# 肆

# 洞府仙风

# 荆溪

## 荆溪夜泊

◎唐·李九龄

点点渔灯照浪清，
水烟疏碧月胧明。
小滩惊起鸳鸯处，
一双采莲船过声。

**旅游路线**

善卷洞→张公洞→灵谷洞→蜀山古南街→宜兴陶瓷博物馆→竹海景区→阳羡生态旅游度假区

荆溪的所在地宜兴是国家历史文化名城，周代因荆溪绵亘东西而得名荆邑。荆溪河是贯穿宜兴城区的主干河道，汉献帝兴平二年（195），在县令袁玘的主持下，荆溪河上架起一座沟通南北的木桥。由于河面开阔，建造者在河中每隔五丈筑一个桥墩，桥身架在13个桥墩上。一座200多米长的木桥卧在深广浩瀚的荆溪河上，颇有气势。人们把这座桥称为长桥，荆溪河改称长桥河。西晋时期，传有蛟龙在长桥河里兴风作浪，危害两岸百姓，阳羡著名人物周处纵身跃入长桥河中，奋力斩杀蛟龙，留下“周处除三害”之典。于是，百姓改称长桥为蛟桥，改称长桥河为蛟桥河。



李九龄，生卒年不详，洛阳（今属河南）人。唐末进士。入宋，又中宋太祖乾德二年（964）进士第三名。一说乾德五年进士。尝为蓬州蓬池令。开宝六年（973）与卢多逊、扈蒙等同修《五代史》。李九龄生活在唐宋之交，因社会动荡，一生抱负难以伸展。著有《李九龄集》一卷，皆七言绝句。《全唐诗》录存诗23首。

这是一首描绘荆溪夜晚景色的诗。荆溪包括东溪和西溪。城西者为西溪，俗称西氿；城东者为东溪，俗称东氿。《说文解字》：“氿，水崖枯土也。”诗的前两句“点点渔灯照浪清，水烟疏碧月胧明”是静态描写，以渔灯、清浪、碧烟、胧月，由下而上地写出了荆溪之夜所特有的朦胧、静谧。诗的后两句“小滩惊起鸳鸯处，一双采莲船过声”转入动态描写，一群鸳鸯突然从小滩上惊飞而起，原来是两只晚归的采莲船经过那儿，打扰了它们。这种动静结合、以动衬静的手法，使荆溪月夜显得更加宁静、更加幽美，给这幅荆溪月夜图增添了疏淡、清雅的气息。整首诗通过对自然景色的细腻描绘，体现了诗人对美好景象的捕捉与表达能力。整首诗不假雕饰，语言清新，意境悠远，给人以美的享受。

宜兴历史悠久，早在1万多年前，先民就在这里生活、开发。7000多年前，此地的原始农业和手工业已发展到一定水平，创造了富有地方特色的“骆驼墩文化类型”。西周时期至春秋末期，宜兴被纳入吴国范围。周元王三年（前473），越王勾践出兵灭吴，宜兴改属越国。周显王三十六年（前333），楚国兴兵灭越，宜兴改属楚国。秦统一中国后推广

▲ 从龙背山远望宜兴

郡县制，秦始皇二十六年（前 221），宜兴正式立县，定名为阳羡县。西晋永嘉四年（310），阳羡县改属义兴郡。宋太平兴国元年（976），因避宋太宗（赵光义）名讳，改宜兴县。元至元十二年（1275），县改南兴军。明洪武元年（1368），复改宜兴县。清雍正三年（1725），析宜兴县为宜兴、荆溪二县。1912 年，荆溪县并入宜兴县。

今天的宜兴是无锡市下辖的一个县级市，位于太湖之滨，苏、浙、皖三省交界处，拥有丰富的旅游资源。宜兴以山水风光、溶洞奇观、陶瓷文化、竹海风景等为主要旅游特色，吸引了大量游客前来观光游览。

宜兴山水风光秀美，有着许多著名的景点。其中，龙背山森林公园是宜兴市内最大的公园之一，园内森林茂密，山峦起伏，是徒步、观景的好去处。芙蓉湖公园是一座以湖泊为主题的公园，湖面宽阔，景色优美，适合水上运动。还有铜官山、龙池山等山峰和峡谷，自然风光优美，为登山者、探险者所喜爱。

▲ 龙背山

宜兴有许多著名的溶洞，其中以善卷洞最为著名，它是我国溶洞旅游最早开发开放的溶洞之一。善卷洞是一个多层溶洞，洞内石笋、石幔、石花等形态各异，是进行溶洞探险、观光的好去处。此外，宜兴还有张公洞、灵谷洞等许多溶洞景点。

▲ 善卷洞牌坊

宜兴的陶瓷文化源远流长，有着 7000 多年的历史。宜兴的陶瓷工艺精湛，品种繁多，其中最著名的当数紫砂壶。紫砂壶是中国传统工艺品之一，其制作始于明朝正德年间，以宜兴出产的紫砂泥为原料，经过多道工序制成。宜兴的紫砂壶以其造型别致、功能实用而闻名于世，其独特的制作工艺和深厚的文化内涵，使其成为茶文化的重要组成部分。在宜兴，游人可以游览紫砂文化发源地——蜀山古南街，感受一下明清时期的紫砂作坊和古建筑，也可以参观陶瓷博物馆、陶美术馆等场馆，了解宜兴的陶瓷文化历史和陶瓷制作工艺，还可以在当地的陶瓷商店购买精美的陶瓷制品。

宜兴竹海位于宜兴市湖㳇镇境内，是国家AAAA级旅游区、国家风景名胜区、省级森林公园、无锡旅游十八景及宜兴十佳景点之一。竹海风景区横跨苏、浙、皖三省，万亩翠竹随山势起伏，好似波涛翻滚，绵流不绝，堪称“竹的海洋”。景区总面积达万余亩，为华东地区最大的竹资源风景区，有“华东第一竹海”之称。在竹海风景区，游客可以乘坐缆车登上山顶，俯瞰竹海全景，感受风竹的磅礴气势。

近年来，宜兴市还开发了一个庞大的集自然风光、休闲度假、文化体验于一体的阳羡生态旅游度假区，其中湖光山色的窑湖小镇、清香诱人的阳羡茶最具特色。

▼ 宜兴竹海

# 善卷洞

## 将之善卷荆溪道中即事

◎明·袁袠

溪涨微茫白，江城新雨余。
帆悬朝露敛，山拥夏云舒。
处处桑麻绕，家家水竹虚。
逢人频问讯，吾欲访仙居。

旅游路线

中洞→上洞→下洞→水洞→野人谷

善卷洞位于宜兴市城西南20多千米的螺岩山中，这里山清水秀、风光旖旎，洞内不仅钟乳灿烂，奇异天成，还充满了神奇的传说和神秘的色彩。自春秋以来，善卷洞素有“万古灵迹”“欲界仙都”的美誉，吸引了历代名人雅士、文人墨客到访，留下了无数佳篇杰构。善卷洞是著名的石灰岩溶洞，“宜兴三奇”之首。“宜兴三奇”为善卷洞、张公洞和灵谷洞。善卷洞面积约为5000平方米，长约800米，全洞由上、中、下、后四洞组成，洞穴之间相互连通，景色不同。步入洞内，宛如走进一座地下宫殿。

袁袠（1509—1558），字绍之，吴县（今江苏苏州）人，明代诗人。屡试不利，乃博涉经史及汉唐以来名家文，工诗，擅古文。居家有孝行，晚年根据其资历被推荐选拔进入礼部，未仕卒。著有《志山诗集》。

这首诗为诗人将去游览善卷洞，行舟荆溪道中时所作。该诗描绘了夏天雨后荆溪道中的风光。首联“溪涨微茫白，江城新雨余”中，“微茫”意为迷迷茫茫。诗人从眼前的溪水写起，因为刚刚下过一场新雨，溪水上涨，“微茫白”形容溪水上涨后一片白茫茫的景象。临水之城刚刚下过雨，令人感觉空气清新。颔联“帆悬朝露敛，山拥夏云舒”中，“帆悬”意为船帆高挂。“朝露敛”意为早晨的露水正在消散。“山拥”意为山峰簇拥。“夏云舒”意为夏天的云彩舒展。承前一联内容，写风帆高悬，早晨的露水正在消散；山峰簇拥，夏天的云彩舒展自在。写出了诗人溪行的轻快心情。颈联“处处桑麻绕，家家水竹虚”中，诗人拓宽视野，只见荆溪两岸的人家，处处桑麻环绕，家家临水傍竹，一个“绕”字道出了江南山里人家的特有风光。这一联描绘的是一幅田园美景，“处处”和“家家”体现出一种普遍性。“桑麻”是田园常见的农作物，“桑麻绕”表示桑麻生长茂盛，环绕着荆溪两岸的村庄或者房屋等。“水竹”则是一种植物，给人一种清新雅致之感。“虚”字在这里表示一种清幽的意境，家家户户周围的水竹营造出一种幽静、淡雅的氛围，体现出一种自然之美与生活之趣。尾联“逢人频问讯，吾欲访仙居”中，诗人认为仙居离这里大约不远了，所以逢人频频问讯，急切之情溢于言表。仙居自然是指善卷洞，表达了诗人对善卷洞的向往。以“仙居”指代善卷洞，说明诗人希望寻找远离尘嚣、与世隔绝的地方，这是古代文人追求的理想境界。这一联再次照应题目。全诗结构十分严谨，采用先抑后扬的手法，写出了诗人的善卷洞之行，也是一次寻找心灵的宁静和精神寄托之旅。

世界上有三大奇洞，分别是中国宜兴的善卷洞、比利时的汉人洞、法国的里昂洞。作为世界三大奇洞之一的善卷洞，是我国溶洞旅游最早开发开放的溶洞之一，从1921年开始修缮，直到1934年11月11日正式开放。这里既有奇石钟乳，也有地下暗河和地下瀑布，非常壮观。

▲ 善卷塑像

善卷洞名字由来已久，据《慎子》记载：相传在4000多年前，舜以天下让善卷，高士善卷坚辞不受，入深山而隐居于斯洞，因此得名善卷洞。善卷洞的溶洞风景非常独特。它是一个典型的石灰岩溶洞，洞洞奇异而相通。上洞步行参观，可欣赏到奇形怪状的钟乳石景观；下洞则须乘船参观，可以看到地下暗河和地下瀑布等壮观景象。此外，善卷洞的钟乳石和石笋形态各异，栩栩如生，如同一幅幅天然的水墨画。

▲ 天然大石厅

入口在中洞。中洞的狮象大场是一个面积达1000平方米的天然大石厅。高达7米的钟乳石笋兀立洞口，名砥柱峰。它由一点一滴的石乳聚积而成，每30—50年长高1厘米，至今已有3万多年。石厅内可容上千名游客，高大宽敞，上面挂满形状各异的石钟乳。石厅两旁屹立着一对形似青狮、白象的巨石，惟妙惟肖，形态逼真。

▲ 善卷洞入口

上洞的规模比中洞还要大，洞长 70 米，宽 30 米，高 30 米。洞形似螺壳，终年云雾弥漫，被称为“云雾大场”。洞内冬暖夏凉，气温终年保持在 23 摄氏度左右，因而又称暖洞。环壁有奇石形成的荷花倒影、万古寒梅、绵羊、骏马、熊猫等景物，栩栩如生；石缝间细流潺潺，落地汇成水潭；顶部石乳倒映潭中，奇异天成。

下洞长约 180 米，宽 18 米，高 22 米。洞外有一个 6 米多高的石陡坎。大雨过后，飞瀑流水直泻壑底，奔放澎湃，故又名“瀑布洞”。洞内由钟乳石形成的各种奇幻景物，有翠绿的葡萄、橙黄的佛手、白嫩的鲜藕、振翅的白鹤，还有通天石松、梅花屏风，等等，千姿百态，美不胜收。

▲ 善卷洞地下溪河

▲ 崖壁石刻“豁然开朗”

与后洞相连的水洞是一条极古老的地下溪河，长约 120 米，水深 4.5 米，河面最宽达 6 米，可常年通舟。游人到此，须乘游船在洞穴中前行，时常须俯首侧身才能通过，而两旁彩灯闪烁，光怪陆离，好像遨游在神话中的水晶宫。行舟 15 分钟左右到达洞口，崖壁上刻着“豁然开朗”四个苍劲大字。在此舍舟登岸，回望，四周石壁上刻着古今游客赞美洞府的诗词歌赋。

宜兴善卷洞集江南山水灵气，吴越文化精华，阳羡胜景特色。在善卷洞景区内，游客可以欣赏到原始森林般的山林景色，以及野人谷等探险景点。景区内还有祝英台琴剑之冢碑、碧鲜庵石碑等历史遗迹和文化景观，游客在欣赏美景的同时，也能感受到丰富的历史文化内涵。

▼ 祝英台琴剑之冢碑

# 张公洞

张公洞

宋·苏辙

乱山深处白云堆，地坼中空洞府开。
茧瓮有天含宇宙，瑶台无路接蓬莱。
金芝春暖青牛卧，珠树月明黄鹤回。
此日登临兴何限，春风吹绽碧桃腮。

旅游路线

海屋大场→海王厅→云梯→天洞→望湖亭

有"洞天福地"之称的张公洞是"宜兴三奇"之一，位于宜兴城西南约22千米的盂峰山麓。该洞有大小洞穴达72个，各洞的温度又不相同，洞中有洞，洞内套洞，大洞包小洞，一洞复一洞，洞洞不同，洞洞有奇。相传汉代张道陵曾在此修道，唐代张果老在此隐居，故称张公洞。

苏辙（1039—1112），字子由，一字同叔，晚号颍滨遗老，眉州眉山（今属四川）人。北宋文学家，"唐宋八大家"之一。嘉祐二年（1057），与其兄苏轼同登进士科。初授商州军事推官。宋神宗时，因反对王安石变法，出为河南推官。宋哲宗即位后，入朝历官右司谏、御史中丞、尚书右丞、门下侍郎等职，因上书谏事而被贬，落职知汝州，此后连贬数处。宰相蔡京掌权时，再降朝请大夫，以太中大夫致仕，筑室于许州。去世后追谥文定。

苏辙与父亲苏洵、兄长苏轼齐名，合称"三苏"。其生平学问深受其父兄影响，以散文著称，擅长政论和史论，苏轼称其散文"汪洋澹泊，有一唱三叹之声，而其秀杰之气终不可没"。其诗力图追步苏轼，风格淳朴无华，文采稍逊。苏辙亦善书，其书法潇洒自如，工整有序。著有《栾城集》等。

这首诗写得幽奇峭拔。起笔即点题，"乱山深处白云堆，地坼中空洞府开"，在介绍洞的环境时用"地坼中空"指出它奇特的成因。"地坼"即地裂，指土地的裂缝。诗人通过"乱山深处"和"白云堆"的描述，展现出一个幽静而又神秘的山中世界。"地坼中空洞府开"则形象地描绘了山中洞穴的壮观景象，仿佛在大自然的裂隙中自然形成了一座洞府。颔联"茧瓮有天含宇宙，瑶台无路接蓬莱"紧承"洞府开"，重点描绘洞内景物。"茧瓮"言其小，"含宇宙"言其大，指洞穴内部空间大，仿佛包含了整个宇宙。"瑶台""蓬莱"让人联想到传说中的仙境，那里没有通往人间的路，唯有神仙才能到达。然而诗人希望有一条神奇之路把它们连接在一起。这一联想奇特自然，带有一种超凡脱俗的意境。颈联"金芝春暖青牛卧，珠树月明黄鹤回"中的"金芝""珠树""青牛""黄鹤"，都是洞中仙物，"金芝"为仙草，"珠树"为仙境之树，"青牛"为仙人的坐骑，"黄鹤”为仙鹤。诗人描绘洞中的奇幻景象。洞中有金色的灵芝，春天来临时，青牛在温暖的阳光下悠闲地卧着。洞中有仙树，在皎洁的月光下，黄鹤回旋飞翔。因为传说张道陵和张果老在此隐居，所以诗人似乎感到骑青牛的道士，乘黄鹤的仙人，如在眼前。诗人不写自己，更加显得含蓄有致。尾联“此日登临兴何限，春风吹绽碧桃腮”抒发了诗人登临之感，令人感到张公洞真是洞天福地，难以忘怀。诗人在登山临水的美景面前，感到无比的畅快和兴奋。看到春天的风拂过桃花，花瓣绽放，景象生动，比喻人生的美好和希望。“苏门四学士”之一的张耒曾在《赠李德载二首》一诗中说“少翁巉秀千寻麓”，指出苏辙的诗文清秀奇拔，意蕴别致。

张公洞景区面积 0.36 平方千米，是太湖风景名胜区阳羡景区主要景点之一，古代荆溪十景之一，素有“洞天福地”“海内奇观”美誉，是一个融自然奇洞、道教文化、健身乐趣为一体的旅游胜地。

▲ 张公洞入口

▲ 张公洞石刻

张公洞，又名庚桑洞。相传，春秋战国时，老子亲传弟子庚桑楚不愿做官，隐居在此潜心修道，道成仙去，并著有《洞灵真经》9篇，此洞因而得名“庚桑洞”，并成为道教七十二福地之一。《白龟经》云：“天下福地七十有二，此居五十八。”道书亦云：“第五十八福地，庚桑公治之。”相传汉代张道陵曾在洞灵观修道，后来创立“五斗米道”，因道教徒尊称创立者张道陵为天师，因而又叫“天师道”；唐代张果老也在洞灵观修道，一次偶然的机会吃了盂峰山中的千年何首乌，骑驴仙去。

▼ 海王厅俯瞰

进入张公洞，便踏入了一座地下宫殿。洞内有气势雄伟的海屋大场和富丽堂皇的海王厅。海屋大场以恢宏穹顶开启探秘之旅，钟乳石如悬天瀑布般垂落，石笋似破土春笋般挺立，在灯光映照下泛着温润光泽。海王厅是全洞精华所在，洞顶钟乳累累，不计其数，厅内经常云雾缭绕，游人恍若置身于海底宫殿。海王厅周围有水鼻洞、棋盘洞、盘场洞、七窍洞等许多小洞，洞中曲折盘旋，奥妙无穷。大厅小洞中，还有天桥、雄狮、蓝天倒影、坐井观天、鲤鱼戏水、一线曙光等景观。从洞内登云梯达山巅，既可俯瞰洞中景致，又可远眺太湖烟波。

▲ 海王厅

从海王厅经云梯、天桥而上，由天洞出，即达盂峰山顶。岩壁有元代杨维桢的题刻。洞顶有望湖亭，可远眺太湖风光。下洞似一座大厦，名为海屋大场。天洞以海王厅天师台为中心，洞顶朝天，故名为朝天洞。玉泉洞与张公洞毗邻，长300余米，沿着曲折的水道顺流而下，有4个石厅，厅内景致各异，钟乳、石笋晶莹洁白，如冰凌垂地，似玉笋接天，伏流出洞，汇成甘泉池。明代史际曾在此建甘泉精舍与甘泉碑。

唐代开元时，唐明皇在张公洞旁敕建洞灵观，并题写了观额。宋代改建为天申万寿宫，清代改为朝阳道院。洞灵观重建于1995年3月，与张公洞相邻，建筑面积1500多平方米，占地近万平方米。自山脚至山顶，重门次第，殿宇巍峨，建有灵观殿、玉皇殿、天师殿、三清殿等8座殿宇，殿内29尊神像熠熠生辉。红墙黛瓦隐于苍松翠柏间，晨钟暮鼓与洞中泉鸣相和，演绎着道教文化与自然山水的千年对话。

唐代以来，名贤胜士游历者甚多，留有大量诗文石刻。许多名士在此留下诗文石刻，或咏洞天奇绝，或抒隐逸之思。元代杨维桢的题刻“海内奇观”四字，至今仍在盂峰山巅见证着古人的惊叹。这些镌刻于石壁的诗句，与洞中钟乳的纹理交织，化作可触摸的文化记忆。

如今的张公洞，既是地质研学的天然课堂，也是身心疗愈的秘境所在。游客可乘竹筏穿越玉泉洞的水道迷宫，在暗河潺潺中感受地下世界的神秘；可沿云梯登顶盂峰山，在望湖亭揽尽太湖帆影；更可参与洞穴探险，用手电光束照亮千年钟乳的肌理，在天然溶洞中体验“地心历险”。这里，每一滴钟乳都凝结着时光的结晶，每一缕香火都延续着千年的信仰，等待着今人在探洞、观景、问道中，开启一场跨越时空的对话。

# 竹海

## 双溪竹枝词（其四）

清·陈维崧

最难忘处三春事，
杨柳参差蝴蝶忙。
摘蕙满山裙带绿，
焙茶十里水泉香。

**旅游路线**

镜湖→竹林小径→寂照禅寺→登山→玉女峰、凌云阁、冒龙池→索道下山→半山茶寮宜兴南部的太华山区是江苏省最大的毛竹基地。这里山连山，峰连峰，幽篁森森，名胜荟萃，被称为“宜兴竹海”。漫山遍野都是翠竹环绕，郁郁苍苍的竹林临风吐翠。竹海四季带给人不同的感受：春雨过后，嫩笋满地，一派生机盎然景象；盛夏酷暑，浓荫蔽覆，凉爽宜人；秋风细雨，潇潇竹声，别具风韵；冬天到来，傲雪经霜，依然姿态万千。一山又一山，层峦叠翠，无边无际，山风过处，竹影婆娑，好似大海中的波涛在起伏，故有“竹海”之称。

陈维崧（1625—1682），字其年，号迦陵，宜兴（今属江苏）人。明末清初词人、骈文家，阳羡词派领袖。“明末四公子”之一陈贞慧之子。陈维崧幼时便有文名。17岁被阳羡令何明瑞拔童子试第一。与吴兆骞、彭师度同被吴伟业誉为“江左三凤凰”。明亡后，科举不第。康熙十八年（1679），举博学鸿词科，授官翰林院检讨。工词，风格以豪放为主。又能诗擅文。著有《陈迦陵文集》《湖海楼诗集》《迦陵词》等。

《双溪竹枝词》一共10首，都是歌咏阳羡山水风物的。此诗选自第4首，记录了蜀山一带朴实的民风民俗。丁蜀古镇有许多窑场，这里几乎家家制坯，户户捶泥，窑场日夜轻烟袅袅，呈现出一派制陶业昌盛繁荣的景象。

陈维崧《双溪竹枝词》以宜兴人身份写本地山水风光、民情物产，更见本色当行。“双溪”指东氿、西氿。诗中描绘出充满生机的春日景象。诗的前两句“最难忘处三春事，杨柳参差蝴蝶忙”写“三春”时节有很多令人难忘之事，杨柳参差不齐地生长着，蝴蝶在忙碌地飞舞，展现出春天的热闹与活力。“三春”通常指代春季的三个月，正月称孟春，二月称仲春，三月称季春。这里强调了时间是春天，春天往往象征着生机、希望与美好，是万物复苏的季节，各种故事和情感都容易在这个季节发生和被记忆，所以“最难忘”。大地回春，杨柳枝条柔软，随风飘动，婀娜多姿。杨柳参差的状态显示出一种自然、随性的美感，同时也为蝴蝶提供了活动的空间。蝴蝶在花丛中忙碌飞舞，它们色彩斑斓，姿态轻盈，为画面增添了动态美和色彩感，也是春天充满生机的象征。诗的后两句“摘蕙满山裙带绿，焙茶十里水泉香”，意思是满山都是绿色如同裙带般的蕙草，人们忙着采摘，而十里之外都能闻到焙茶时散发的香气，给人一种清新、美好的感觉。这两句诗既有人与自然的和谐互动，又有嗅觉上的美妙体验。蕙草是一种香草，代表美好的品质。“满山裙带绿”描绘出蕙草生长茂盛的景象，绿色象征着生机和活力，也可能暗示着蕙草的纯洁与美好。焙茶是茶叶制作过程中的一道工序，体现出茶香的清新、悠远，也反映出当地茶叶制作的特色，同时从侧面表现出当地自然环境的优美，泉水的清澈使得茶香能够传播得更远。宜兴丁蜀出产的紫砂茶壶更是喝茶最理想的器具。《闲情偶寄》作者李渔认为：“茗注莫妙于砂壶，砂壶之精者，又莫过于阳羡。”

陈维崧所处的时代社会文化有着独特的风貌，文学创作丰富多样。他的作品往往会反映当时的社会生活、民俗风情及他自己对生活的感悟。这首诗是他在看到了当地的摘茶场景后的有感而发，通过描写三春时节的景色及摘茶相关的活动，表现出对当地生活和自然景观的深刻印象和喜爱之情。

宜兴竹海风景区，这片被誉为“华东第一竹海”的壮阔绿洲，坐落于江苏省无锡市宜兴市区西南约 31 千米的湖汊镇境内。它并非孤立一隅，



▼ 竹海景区入口

而是气势磅礴地绵延于江苏、浙江、安徽三省交界处，纵横八百余里，是中国华东地区规模最大的竹资源聚集地，代表着中国竹风景、竹风情和竹文化的精髓。

步入景区，首先映入眼帘的便是如明镜般的镜湖。这片面积达 3 万余平方米的水域，宛如一颗翡翠镶嵌在翠竹环抱之中。湖水清澈见底，终年清冽，水质纯净甘甜，富含锗、锂、硒、钙等有益微量元素，甚至可直接掬饮。镜湖之美，更在于“竹在水中长，水在竹间流”的灵动景致，天光云影与苍翠竹影在此完美交融。尤为珍贵的是，每年夏末至深秋，湖中会出现被誉为“水中大熊猫”的古老生物——桃花水母。这些活化石，如透明花瓣般在水中悠然舒展，是镜湖生态优良、环境纯净的无声证明。

▲ 宜兴竹海

沿着精心铺设的湖畔栈道或蜿蜒曲折的竹林小径深入，游客便沉浸于一个绿色的世界。脚下是松软的落叶或古朴的石阶，耳畔是风拂过万顷竹林奏响的簌簌天籁。阳光穿过密集的竹梢，化作摇曳的光斑洒落林间。这里空气清新无比，是名副其实的“深氧”之地，每一次呼吸都令人心旷神怡。若在春季探访，细心留意，常能发现棕褐色的笋尖正顽强地顶破土壤，为浩瀚的竹海注入勃勃生机。

要真正领略竹海的浩瀚气势，登高望远是必经之路。景区内峰峦起伏，其制高点便是苏南第一峰——玉女峰，海拔 611.5 米。峰顶有一汪清泉，名曰冒龙池，终年不涸，相传是地下山脉泉水囤积而成，滋养着周边的生命，甚至发现有国家保护动物树蛙在此栖息。沿着山径攀登，视野逐渐开阔。行至半山亭等处回望，壮丽的画卷豁然展开：连绵的翠竹依着山势起伏，宛如凝固的绿色波涛，汹涌澎湃，直抵天际。风起时，竹梢摇曳，绿浪翻滚，气象万千。沿途景致丰富：晃晃悠悠的索桥增添趣味也拓宽视野；

盘根错节的千年古树静诉着时光的悠长；而被称为“太湖第一源”的山涧清泉，从石缝中汩汩涌出，水质纯净，正是滋养太湖的源头活水之一。

登顶玉女峰，立于峰顶的凌云阁畔，方是俯瞰竹海的绝佳位置。极目远眺，苏、浙、皖三省交界的苍茫山峦与脚下无垠的翠色海洋尽收眼底，山风浩荡，涤荡心胸。下山时，可以乘坐景区全新升级的索道。凌空飞渡的旅程本身即一道风景，俯瞰脚下，密匝的竹梢顶犹如一块巨大的绿色绒毯铺展延伸，呈现出竹海柔美而辽阔的一面。

▲ 寂照禅寺

竹海的深厚底蕴，离不开掩映其间的古刹——寂照禅寺。这座始建于唐代的寺院，深藏于翠竹古木之中，环境清幽至极。相传奠基之时，偶得一件形如钵、声清越如古乐器“磬”的玉器，被视为祥瑞，故得名“磬山禅院”，后于清雍正十一年（1733）敕建为“寂照禅寺”。寺内古树参天，尤以寺前两株为奇：一为古老的娑婆树，枝干虬劲。另一株则是堪称“树王”的千年银杏，此树径围达 5 米，高逾 30 米，历经沧桑。更令人称奇的是，在其粗壮的树杈中央，竟生长着一棵径围约 60 厘米、高约 15 米的寄生朴树，它依靠千年银杏的养分存活，两树共生，形成“树中树”的奇观，默默诉说着生命的顽强与自然的和谐，为古刹平添一份神秘与沧桑。

今日的宜兴竹海，在守护原生态的同时，持续提升游客体验。亲子漂流、竹林露营、采茶及依托“陶都”特色的紫砂制壶体验等活动，让游客深度感受竹文化与地方风情的交融。当夕阳为竹海镀金，于半山茶寮，用紫砂壶沏一盏“阳羡雪芽”，茶香氤氲间，仿佛触及陈维崧“焙茶十里水泉香”的诗境。这片浩瀚绿意滋养的，不仅是如画风光，更是流转千年的江南文脉与适意悠然的生活真谛。

# 铜官山

## 铜官山

◎宋·蒋捷

崒嵂荆南山，袁令葬其麓。
相传天赐棺，咄咄诳流俗。
令尝成舆梁，天报宜以福。
赐棺信荣矣，毕竟入鬼录。
珠官在岭南，锦官在川蜀。
盐官与铁官，登载纷简牍。
吾恐古有司，铸铜山之足。
后人讹承讹，官旁妄加木。
政须改铜官，大字镵崖腹。
事有作俑者，并案王乔狱。

**旅游路线**

盘山公路→沁湖观景台→香炉峰→铜峰天池→电站科普馆→交通洞→地下厂房→下水库

铜官山位于宜兴城西南，旧名君山，又因位于荆溪之南，故又名荆南山。据说古时候此山产铜，曾设立铜官管辖，故改名铜官山。铜官山主峰香炉峰，海拔 521 米，号称“苏南第一峰”。山间盘山公路，蜿蜒约 10 千米，长度和坡度均在苏南地区首屈一指。铜官山群山叠翠，峡谷幽深，树石奇异，风景秀丽，别有一番诗情画意，有“树深时见鹿，溪午不闻钟”的韵味。

▲ 铜官山全景

蒋捷（约 1245—1305 后），字胜欲，号竹山，阳羡（今江苏宜兴）人，南宋词人。先世为宜兴大族。南宋咸淳十年（1274）进士。南宋覆灭，深怀亡国之痛，隐居不仕，其气节为时人所重，人称“竹山先生”。他的词《一剪梅·舟过吴江》中有“风又飘飘，雨又萧萧”“红了樱桃，绿了芭蕉”等句，人称“樱桃进士”。长于词，与周密、王沂孙、张炎并称“宋末四大家”。其词多抒发故国之思、山河之恸，风格多样，而以悲凉清俊、萧寥疏爽为主。著有《竹山词》。

这首诗主要说明铜官山名称的来历，分为三个层次。前八句写东汉时阳羡令袁玘爱民如子，死后葬在巍峨的铜官山。诗的意思是险峻的荆南山，袁玘埋在那里。传说中天赐的棺材愚弄着世人。袁玘曾经建立过功业，上天应该赐予他福祉。虽然赐棺看似荣耀，但最终还是逃不脱死亡的命运。袁玘为百姓筑蛟桥，阳羡百姓感恩袁玘的功业，有“天赐铜棺”的传说：袁玘无疾而终后，百姓晚上听到山中约数千人的声音，天亮后，竟然看到一铜棺材置于苍松翠竹之中，百姓认为是天赐铜棺给袁玘，于是奉袁玘为神明。“珠官在岭南”等中间八句写岭南地区产珠，设立有珠官；川蜀地区产锦，设立有锦官；盐官与铁官也是因产地而设立的官职，史书都有记载。由此错误地认为此山因产铜而设立过铜官。又在官字旁加了木字，编了传说故事。最后四句“政须改铜官，大字镵崖腹。事有作俑者，并案王乔狱”，写诗人认为应该为此山正名，并刻大字在山崖上。虽有始作俑者，但后来的人不应该以讹传讹。诗中用了汉时的“天降玉棺”之典，具有同样传说的还有东汉时的王乔，他曾任叶县县令，有神术，据说也是天降玉棺于堂前，王乔乃卧玉棺中葬于城东。这首诗也是诗人对铜官山传说的一个考证，认为传说中的天赐棺材是愚弄世人的说法。这是一首富有哲理和情感的诗作，通过对历史和现实的反思，展现了诗人深邃的思想和高尚的情操。同时，诗中的神话元素也为诗歌增添了一份神秘色彩，使得整首诗更加引人入胜。

宜兴位于苏、浙、皖三省交界处，地形高低起伏，典型的江南丘陵地带，城南多山，而铜官山绝对是宜兴第一山。诗仙李白在《铜官山醉后绝句》中写道：“我爱铜官乐，千年未拟还。要须回舞袖，拂尽五松山。”山麓周长43千米，数十座山峰大大小小、高高

▲ 香炉峰

低低，山环峰抱，连绵不断。

香炉峰，海拔 521 米，是太湖西岸的最高峰。登临香炉峰，可观“荆溪十景”之“铜峰叠翠”全貌，“芙蓉削出秀琅玕，俯视诸峰但一丸……湖心影浸留云湿，天外孤峰落日寒”的奇景亦可尽收眼底。

▲ 铜峰叠翠

如今的铜官山建有江苏省第一个大型水电项目——宜兴抽水蓄能电站。宜兴抽水蓄能电站是一个融合工业与山水为一体的综合区。电站枢纽由上水库、下水库、输水系统、地下厂房和地面开关站等组成。

▲ 铜峰天池

位于山顶的上水库拥有520多万立方米的容量，相对高度达60多米，长520多米，形成了一个巨大的人造天湖，可媲美新疆天池，因此也成就了“陶都新十景”之“铜峰天池”。

下水库同样美不胜收，因水库形体秀美，令人赏心悦目，故取名为沁湖，其库容为570多万立方米。

从104国道至铜峰天池，有一条长度和坡度均在苏南地区首屈一指的盘山公路。它基于独特的山脉结构而设计，一路上串联沁湖观景台、望汍亭和香炉峰，自然景色和人文景观交相辉映。公路沿途植被众多，空气清新，广受户外徒步旅游者喜爱。

铜官山不仅拥有秀美的自然风光，还融合了丰富的工业旅游资源。无论是登山爱好者，还是对水电知识感兴趣的游客，都能在这里找到属于自己的乐趣。

# 伍

## 苕溪渔隐

# 湖州

## 湖州

◎元·戴表元

山从天目成群出，
水傍太湖分港流。
行遍江南清丽地，
人生只合住湖州。

**旅游路线**

太湖溇港景区→钱山漾遗址→潞村古村落→长兴太湖图影生态湿地文化园→太湖古镇→南浔辑里湖丝馆→南浔古镇

湖州自古被誉为“江南清丽地”，位于南太湖湖岸。南太湖湖水清澈，水面开阔舒缓，可与大海媲美。沿着太湖南岸边漫游，可以饱览湖光山色。

戴表元（1244—1310），字帅初，一字曾伯，自号剡源，奉化（今属浙江）人。宋末元初文学家，被尊为“东南文章大家”。戴表元 7 岁学古诗文，多奇语。早年入太学，师事南宋礼部尚书王应麟和舒岳祥等文学大师。南宋咸淳七年（1271）中进士，后授建康府教授。德祐元年（1275），迁临安教授，行户部掌故，均不就，以兵乱归剡。归里后读经史，作诗文。元大德八年（1304），被人推荐为信州教授，再调婺州，因病辞职。后荐为修撰、博士，皆不赴，读书吟诗以终。他学问广博，文章写得清深雅洁。有《剡源集》传世。

这首诗描绘了湖州的山水景色，表达了诗人对湖州的热爱和向往之情。

▼ 湖州南太湖

诗的开头两句“山从天目成群出，水傍太湖分港流”，以简洁明快的语言描绘了湖州的山水景色。诗人站在南太湖边，看到山峦连绵不断，仿佛从天目山一直延伸到湖州，太湖的水流绕着太湖岸边，分别向多个港口流淌，展现了湖州地区壮丽的自然景观。诗的三、四句“行遍江南清丽地，人生只合住湖州”读来亲切自然，诗人表示自己游历过江南地区的各个地方，但只有湖州这样的美丽之地才是他最终愿意定居的地方，充分表达了诗人对湖州的深深眷恋和热爱之情。通过简洁的笔触，诗人表达了对湖州独特魅力的赞赏，以及对宁静生活的向往。诗中流露出一种淡泊名利、追求自然与和谐的人生态度。

这首七言绝句以简洁的语言表达了诗人对湖州自然景观的赞美和对湖州生活的向往。诗人发自内心的对湖州的热爱和向往之情，使得这首诗充满了浓厚的乡愁情怀，让读者也能感受到湖州的美丽和诗人的心境。在诗人的笔下，湖州不仅是一个地理上的存在，更是一种精神上的归宿。诗人的其他作品中也有对湖州的赞美和对宁静生活的向往。

湖州的历史可以追溯到距今约 7000 年的马家浜文化时期。在漫长的历史长河中，湖州孕育了众多的人文景观和文化遗产。楚考烈王十五年（前 248），春申君黄歇徙封于此，在此筑城，始置菰城县，以泽多菰草，故名；隋仁寿二年（602），置州治，以滨太湖而名湖州，湖州之名从此始。湖州市是国家历史文化名城，是近代湖商的发源地，素有“丝绸之府、鱼米之乡、文化之邦”的美誉；钱山漾遗址开启了 4000 多年的世界养蚕织丝史，被命名为“世界丝绸之源”。湖州市地势大致由西南向东北倾斜，西部多山，东部为平原水网区，是我国的粮食、蚕茧、淡水鱼、毛竹主要产区和重要生产基地。

湖州太湖旅游度假区内的南太湖湖岸线绵长，湖水清澈，水面极度开阔、舒缓，被称为黄金湖岸。湖岸边，各种富有异域情调的建筑群、漂亮的景观带、别致的亲水平台等错落有致地分布着。宽阔平坦的滨湖大道，宛如一条巨龙在太湖南岸遨游。

太湖月亮湾是湖州太湖旅游度假区的一个重要景点。月亮湾内有着广阔的湖面和清澈的湖水，每当夕阳西下，整个湖面被晚霞映照得金灿灿的，非常壮观。月亮酒店作为湖州及环太湖圈最为出名的地标性建筑之一，如同一弯明月静静地立在太湖上，尤其是晚上灯光亮起的时候，酒店就显得更加耀眼，成为环太湖地区一道亮丽的风景线。

▲ 南太湖月亮湾（朱剑刚　拍摄）



弁山为湖州的主山，它的主峰云峰顶海拔 521.5 米，有着丰富的温泉资源和吴越文化深厚的历史积淀，有法华寺、金井、玉涧、黄龙洞等景点。王羲之、杜牧、颜真卿、苏轼、黄庭坚、赵孟頫等历代名人学者都曾经来此游览，留下了不朽诗篇。

黄龙洞原是道教洞天福地，位于弁山东麓。北宋湖州太守苏轼有《和孙同年卞山龙洞祈晴》诗："吴兴连月雨，釜甑生鱼蛙。往问卞山龙，曷不安厥家。"黄龙洞直径 14.8 米，垂直深度 37 米，洞底生风，寒凉透骨。洞周山崖上多摩崖石刻，有黄庭坚、苏轼、杜牧、赵孟頫等名家真迹，其中刻于巨石丈人峰上的四个大字"黄龙洞天"，系明朝四十三代汉嗣天师张宇初题写，可见黄龙山茅宫属天师道派。宫内除了千姿百态的熔岩造型外，最奇特的当数响石厅，可以在石钟乳上敲击演奏出《东方红》《紫竹调》等多种乐曲。

▲ 吴亭

邱城是湖州历史上第一座古城，距今已有2500余年。邱城依山而建，共有两座规模略等、南北相连的城垣，分别将两座小山（均名邱城山）围在其中，城墙用泥土夯筑，相连略呈“吕”字形。清同治《湖州府志》载，邱城是“春秋时吴筑三城之一”（三城为邱城、彭城、吴城）。山上有吴亭、越台、茶园、古窑址、木栈道及赵孟頫与管道昇雕塑等自然人文景观。登上吴亭，豁然开朗，眼前是一片广袤的茶园，为唐代的温山御荈茶园，北边是月亮酒店，南太湖胜景尽在眼底。越台掩映在茂林修竹之中。

▼ 湖州邱城遗址

▲ 邱城山

近年来新建在太湖之滨的大型旅游景区——太湖龙之梦乐园，占地面积约 1.2 万亩，包括星级酒店群、太湖古镇、大马戏、动物世界、嬉水世界、湿地公园等业态。动物世界是一个集野生动物展示、科学研究、保护教育和互动体验于一体的大型野生动物园。嬉水世界是全天候、全季节的特色水乐园。图影生态湿地文化园是国家 AAAA 级景区，东临浩瀚的太湖，西、南、北环绕有秀丽的弁山，集原生态展示、文化宣讲、旅游观光、休闲度假于一体。太湖古镇主打旅游演艺，东侧叫童家村，西侧叫江夏村，包含 10 个大型剧院、10 个小剧场，集非遗展示、购物、街艺表演等功能于一体。太湖龙之梦乐园主打一站式旅游，业态齐全，可以很好地满足亲子、度假、生态旅游需求。

湖州下辖的长兴县内的仙山湖风景区，由仙山和仙湖两部分组成。仙山高 162 米，虽不高却能俯视苏、浙、皖三省，虽不广却满山苍翠，充满灵气。传说新罗国王子在此出家成为地藏王菩萨，这为仙山增添了无穷的魅力，历史上就有“先有小仙山，后有大九华”的说法。仙湖位于仙山一侧，湖中有一长堤贯穿东西，将整座湖分为南、北两片，堤上柳枝婆娑。

▲ 长兴太湖大桥

仙湖下面有一条神秘的古河道和一个对应天象名为“金星”的沉没已久的古村落。

湖州的旅游资源极为丰富，除了前文提到的太湖沿线景区，还有南浔古镇、莫干山、安吉等诸多风景名胜；湖州的粽子、长兴醉鸡等都是具有地方特色的美食；德清县的蚕花节、长兴县的百叶龙等不仅具有浓郁的地方特色和文化底蕴，还充满了生活和人文气息。

# 苕溪

## 客发苕溪

清·叶燮

客心如水水如愁，
容易归舟趁疾流。
忽讶船窗送吴语，
故山月已挂船头。

旅游路线

长兴七里亭遗址→钱山漾遗址（潞村）→陆羽古道（妙西镇）

苕溪，位于浙江省北部，是浙江省八大水系之一，是太湖流域的重要支流，因流域内沿河各地盛长芦苇，进入秋天，芦花飘散水上如飞雪，引人注目，当地居民称芦花为“苕”，故名苕溪。苕溪地跨杭州、湖州两市以及临安、余杭、德清、安吉、长兴等县级市（区）。苕溪由东、西苕溪组成，因两条溪大小相仿，又称姐妹溪。东、西苕溪在湖州城东汇合，经大钱口入太湖。

▲ 苕溪入太湖口（朱剑刚　拍摄）

叶燮（1627—1703），字星期，号已畦，世称横山先生，吴江（今属江苏）人，原籍嘉兴（今属浙江），清代诗论家、诗人。叶燮的六世祖叶梦得为宋代著名学者、诗人，曾官至翰林学士，极力主张抗金，退职后居乌程（今浙江湖州）。叶燮的父亲叶绍袁是晚明文坛重要作家，母亲沈宜修则是明末杰出的女诗人。叶绍袁因不满官场黑暗腐败，辞官归隐后，与沈宜修在叶家埭筑午梦堂而居，夫妇二人与膝下的子女陶醉在文艺的氛围里，相互唱和，留下厚厚的十卷《午梦堂集》传世，其文学成就为叶氏家族史上辉煌灿烂的一页，时人赞为“吴汾诸叶，叶叶交光”。叶燮正是出生在这样一个崇尚气节和有着深厚家学渊源的家庭中，为他以后的人生奠定了良好的基础。

叶燮从小钻研佛学，精通佛理，尤其精通《楞严经》《楞伽经》等。叶绍袁也常把叶燮带到佛寺接受熏陶。叶燮曾随父到浙江径山拜访雪峤上人。康熙九年（1670）中进士，后选为宝应知县。不久即因性情耿直触忤长官被参落职，于是纵游海内名山。叶燮东到泰山，登临泰山绝顶，西至嵩山、华山，南游闽粤，历雁荡山、罗浮山直到南海之滨。寓佛寺中诵经撰述。叶燮晚年在横山二弃草堂设馆授徒，门下有沈德潜、薛雪等，与曹溶、吴之振相友善，所交皆一时人宗。其《原诗》乃中国古代最系统、最有价值的论诗专著之一，主张以自我之才、识、胆、力表现客观世界之理、事、情，强调创新。

这首诗是诗人乘舟沿箬溪回吴江横山时所作，写自己途中的感受。诗中通过描写苕溪的水流、船行的速度、家乡的吴语和明月等景物，将诗人的思乡之情、归心似箭的急切以及到家后的惊喜与亲切等情感融入其中，景中含情，情由景生，达到了情景交融的艺术境界。诗的开头两句“客心如水水如愁，容易归舟趁疾流”，写自己客居在外的心情像流水一样起伏难平，水又像客子的愁苦一样涌流不断，趁着急流扬帆赶路，体现了诗人在久居他乡之后，一旦归家的喜悦心情。诗的三、四句“忽讶船窗送吴语，故山月已挂船头”中的“讶”指惊讶，“吴语”指乡音。忽然间从船窗传进了吴地的方言，抬头一看，月亮已经挂上船头，原来已经回到了家乡。这两句写听闻乡音、已见乡月，喜悦之情溢于言表，时间之快也回应了首句的“趁疾流”，将游子归乡途中迫不及待，忽然听到乡音、看到故乡吴地山川时的激动心情表现得淋漓尽致。这首七言绝句写得轻灵活泼，别有情趣。诗人将自己的亲身感受，用凝练的语言表现了出来。

苕溪流域是吴越文化的腹地，拥有悠久的历史和丰富的文化底蕴。从春秋时期到现代，苕溪流域一直是文人骚客的向往之地，留下了诸多遗迹。

▶ 明·沈周《苕溪渔隐图》

有着 100 万年以上历史的长兴七里亭遗址在西苕溪支流泗安溪畔，是一处旧石器时代遗址。该遗址是一处东西长 250 米、南北宽 150 米的陇岗形遗址，时代为中更新世。2004 年，七里亭遗址被发现。2005—2006 年，浙江省文物考古研究所等对遗址进行了抢救性发掘，出土了石核、石片、断块（片）、砍砸器、刮削器、尖状器、石球等 800 余件。这些石器工具把古人类在浙江省境内劳动、生息的历史提前到了 100 万年以前，为新石器时代文化溯源研究提供了重要的资料。七里亭遗址保存良好，内涵丰富，区域文化鲜明，是南方砾石工业研究的重要载体，具有很高的历史、艺术、科学价值。

钱山漾遗址位于湖州城南 7 千米的潞村古村落，出土了人类历史上最早的丝织绢片。该遗址属新石器时代良渚文化，是人类丝绸文明史上极其重要的一个古文化遗址，被称为“世界丝绸之源”。钱山漾遗址的发掘填补了长江下游环太湖地区新石器时代晚期文化原序列中，从良渚文化到马桥文化之间存在的缺环，对太湖流域的史前文明研究具有重要意义。

▲ 钱山漾遗址

以德清为中心的东苕溪流域中游是商周时期的制瓷中心。有人说，一部陶瓷史，半部在浙江，源头在德清！德清自西周晚期便开始烧制瓷器，经战国、东汉、六朝，延至唐宋，历史跨度约 2000 年。原始瓷窑址是一组原始瓷窑址群，数量多达 40 余处，位于浙江德清经济开发区，地处龙胜村、龙山村的低山丘陵之上，集中分布的区域面积约 6 平方千米。德清商周原始瓷窑址规模大，延续时间长，保存较好，比较完整地建立了以德清为中心的浙北东苕溪流域原始青瓷窑址的年代学序列，从古陶瓷学的角度客观地展示了中国早期青瓷的起源、发展、演变过程，对研究中国青瓷起源具有重要价值。

“茶圣”陆羽隐居苕溪著《茶经》，因此苕溪就有了“茶道源头”的美誉。陆羽是唐代著名的茶学家，被誉为“茶仙”“茶神”，他一生嗜茶，精于茶道，以著世界第一部茶叶专著《茶经》而闻名于世。陆羽隐居苕溪，开展深入的茶叶调查研究，在此过程中积累了丰富的茶叶知识和实践经验，同时还致力于推广茶叶文化，传授茶艺，弘扬茶道。他不仅编写了《茶经》等著作，还广收门徒，传授茶叶知识、制茶技艺和品茶艺术。在陆羽的影响下，苕溪地区的茶叶文化得到了广泛的传播和发展，苕溪也成为中国乃至世界茶叶文化的重要发源地之一。在湖州市吴兴区妙西镇的妙山村，也有一条以茶叶文化为主题的古道——陆羽古道，被誉为浙江的茶马古道。

▼ 元・赵原 《陆羽烹茶图》

苕溪流域的景点也非常丰富，除了以上遗址，还有临安的“母亲河”东苕溪、杭州的径山湖和余杭的北苕溪水库、瓶窑古镇、安溪古镇等。这些景点与苕溪相互映衬，共同构成了苕溪流域独特的自然和人文景观。

南浔

# 夜泊南浔

明·文徵明

春寒漠漠拥重裘，灯火南浔夜泊舟。
风势北来疑雨至，波光南望接天流。
百年云水原无定，一笑江湖本浪游。
赖是故人同旅宿，清樽相对散牢愁。

旅游路线

石牌楼→百间楼→辑里湖丝馆→张石铭旧宅→小莲庄→嘉业堂→张静江故居

▲ 南浔古镇入口

“游遍江南九十九，不如南浔走一走。”南太湖之滨的南浔古镇历史非常悠久。据说古时这里有一条浔溪，临溪而建的村庄便名为浔溪村。后来浔溪南面的人因经营生丝生意而发家致富，在造就商业传奇的同时，也构建了一座座大宅、花园、会馆，一时间浔溪南岸商铺作坊林立，于是又出现了南林村。南宋淳祐年间，此处设官立镇，取南林村和浔溪村两个村名中的第一个字作为镇的名字，于是便有了南浔。

水，是南浔古镇的灵魂所在，也是南浔自古以来始终焕发生机的奥秘所在。南浔的水，源于一条名为頔塘的运河。頔塘开凿于西晋太康年间，距今已有1700多年历史，是历史上江南运河的西线，也是大运河的重要支线。南浔以頔塘而建镇，也因頔塘而兴镇。

文徵明（1470—1559），名壁（一名璧），字徵仲，自号衡山居士，长洲（今江苏苏州）人。明代画家、书法家、文学家、诗人。文徵明出身仕宦之家，早年攻诗文书画，学文于吴宽，学书法于李应祯，学画于沈周。生平九次参加乡试均不中。嘉靖二年（1523），以岁贡生荐试吏部，授翰林院待诏，人称“文待诏”。嘉靖五年（1526），文徵明辞官归乡，专事创作。以书画名世，工行草，尤精小楷；擅山水，亦擅花卉人物，从学者甚众，为“吴门画派”代表人物，后人将其与沈周、唐寅、仇英合称为“明四家”。文徵明诗、文、书、画无一不精，人称“四绝”。著有《甫田集》。

这首诗为文徵明在早春时节游南浔古镇所作。诗的首联“春寒漠漠拥重裘，灯火南浔夜泊舟”写诗人在春寒料峭时节还穿着厚厚的皮衣，于夜晚泊舟南浔，灯火映照，景象凄清。颔联“风势北来疑雨至，波光南望接天流”写夜晚北风带来雨意，波光粼粼，南望似与天相接，描绘出壮阔的自然景象。颈联“百年云水原无定，一笑江湖本浪游”，意思是云水无定，江湖浪游，诗人以此表达人生的无常与漂泊之感，并发出内心的感慨，百年风风雨雨谁也无法断定，就洒脱一点吧，一笑江湖，人生就是一场浪迹天涯之游。这是文徵明对人生的态度，也成为他人生轨迹中熠熠闪光的一瞬。尾联“赖是故人同旅宿，清樽相对散牢愁”写诗人在候船的时候，看乌云暗日下的万家灯火，庆幸自己有友人陪伴在侧，酒樽相对，谈笑风生，驱散愁绪。而诗人没想到的是，百年风雨之后，如今的南浔之夜，穿越旧日江南，无论是在岸边，还是泛舟水上，看那隔着水岸的灯火，揉碎在桨声碧水中，似乎与诗人有一种灵魂的共鸣。南浔古镇摇橹船尾在河道里留下层层的水波，又在清凉的微风里悠悠荡开。两岸的粉墙黛瓦里，人们世世代代生活在此，不急不躁，简单而随性。全诗描绘了春寒夜行、泊舟南浔的景象，抒发了文徵明江湖浪游的感慨，以及故人相伴的欣慰。

▼ 南浔古镇（朱剑刚　拍摄）

▲ 古镇夜景（朱剑刚　拍摄）

南浔古镇位于湖州市南浔区，是江南六大古镇之一、国家 AAAAA 级景区，它以中西建筑交相辉映、历史与文化相得益彰而著称。南浔有着悠久的历史，自南宋以来便是江南著名的蚕丝产地和丝绸贸易中心。到了明代，南浔已成为全国蚕丝贸易中心，富商巨贾云集，商业繁荣。在清朝末期和民国时期，南浔更是涌现出了一批杰出的商人、学者和社会活动家，成为中国的文化重镇之一。

南浔素有“文化之邦”和“诗书之乡”之称，出现过许多著名人物，如民国奇人张静江，西泠印社发起人之一张石铭，著名诗人、散文家徐迟，等等。2005 年，南浔古镇获评第二批中国历史文化名镇；2015 年，获评国家 AAAAA 级旅游景区，成为湖州市首个国家 AAAAA 级旅游景区。

南浔古镇的建筑风格独特，既有传统的江南水乡建筑，也有中西合璧的建筑。经过古镇入口的标志性建筑——刻着“南浔古镇”四个大字的石牌楼，沿着石板路向前走，就会看到古镇保存完好的明清建筑群，这些建筑风格独特，古色古香，充满了历史的气息。

古镇内有许多古建筑、古桥、古巷，其中最著名的是百间楼和张石铭旧宅。百间楼是江南地区现存规模最大、保存最完整的沿河民居建筑群之一，建于明朝中期，至今已有 400 多年的历史，其建筑风格独特，古色古香，是摄影爱好者的绝佳去处。

张石铭旧宅是一座中西合璧的建筑，既有江南园林的韵味，又有西洋建筑的特色。这座建筑的主人张石铭是清末民初著名的企业家和社会活动家，他的旧宅如今已成为南浔古镇的主要景点之一。

▲ 中西合璧的张石铭旧宅

▲ 张石铭旧宅中的懿德堂

此外，南浔古镇还有历史悠久、充满文化气息的园林景区小莲庄。这里建筑精美，环境幽雅，园内有许多古建筑和景点，如刘氏家庙、东升阁、五曲桥、荷花池等。每到盛夏，荷花池内满池荷花，与周边建筑相趣生辉，

▼ 小莲庄

▼ 荷花池

美不胜收。

张静江是清末民初著名的企业家和社会活动家。他的故居是一座保存完好的清代建筑，内部陈列展示了张静江生平事迹和家族历史，是了解中国近现代历史和南浔历史文化的好去处。

▲ 张静江故居中的尊德堂

辑里湖丝馆是一座展示南浔辑里湖丝文化和历史的博物馆，展示了辑里湖丝的历史、生产工艺和产品特色。

嘉业藏书楼是一座保存完好的清代中西合璧式建筑，收藏了大量珍贵典籍和文物，其中尤以地方志和丛书为特色，在“江南四大藏书楼”中规模较大。

▲ 嘉业藏书楼匾额

南浔古镇也是中国传统文化的重要传承地之一。这里有许多传统的工艺品，如南浔丝绸、湖笔、双林绫绢等。南浔还是中国著名的水乡文化之乡，有着丰富多彩的水乡文化活动和民俗表演，如龙舟赛、舞龙舞狮、打莲湘等。

# 弁山

## 弁山

◎ 宋·叶梦得

山势如冠弁，相看四面同。
乌程县门近，苕霅水源通。
白鹤岭盘峻，黄龙洞窍空。
登临舒老眼，何用到崆峒。

**旅游路线**

法华寺→项王走马埒→碧岩风景区→云峰顶

弁山，雄峙于湖州太湖南岸，它的主峰名云峰顶，是环太湖第一峰。弁山幽静超然，山顶可见浩渺的太湖盛景，素称“吴兴富山水，弁为众峰尊”。相传弁山有三岩六洞九寺十三院，沉淀着吴越文化深厚的历史底蕴，历代文人墨客都曾经来此游览，留下了不朽诗篇。清雍正《浙江通志》记载：“在县西北十八里，高六千尺……山有黄龙洞，石壁峭立，严实阴沉，莫穷其底，旁有黄龙祠、祥应宫，郡有水旱祷焉，苏东坡有诗刻，又有三贤祠……”

▲ 弁山全景



叶梦得（1077—1148），字少蕴，自号石林居士，吴县（今江苏苏州）人。北宋绍圣四年（1097）登进士第，历任翰林学士、户部尚书、江东安抚大使、福建安抚使等官职。叶梦得是两宋之交著名的政治家、军事家，但他更以文学成就奠定了其在中国历史上的地位。苏州东山陆巷古村的宝俭堂，始建于宋代，初名梦园，是叶梦得故居。叶梦得晚年退居湖州弁山玲珑山石林，以读书吟咏自乐，其著作多以“石林”为名，如《石林燕语》《石林词》《石林诗话》等。死后追赠检校少保。

这首诗写的是诗人晚年隐居湖州时登临弁山的舒畅心情。诗人闲居在弁山石林，常常会发出很多人生感慨。弁山是湖州的主山，雄峙于太湖南岸。诗的首联“山势如冠弁，相看四面同”中，“冠弁”指古代官员的帽子。诗人用“冠弁”来形容山的形状，意味着这座山高耸而平顶，如同官员的帽子。而“相看四面同”则表明这座山四周景色相似，无论从哪个方向看都显得雄伟壮观。东晋周处《风土记》中有“当作冠弁之弁，以山形似弁也”，明代宋雷《西吴里语》中有“今遥望府治之后，此山俨然独尊若冠弁状，当作弁山”。颔联“乌程县门近，苕霅水源通”，秦王政二十五年（前222），秦置湖州等地为乌程县，属会稽郡。这里写苕溪和霅溪二水水源相通，增添了山的灵动之感。颈联“白鹤岭盘峻，黄龙洞窍空”写白鹤岭盘曲险峻，黄龙洞怪石林立。黄龙洞位于弁山东面，唐代以前称“金井洞”。五代梁时期，据说因黄龙破洞而出得名。白鹤岭以其陡峭险峻而著称，黄龙洞则以其深邃空洞而闻名，这两处景点都增添了山的神秘和魅力。尾联“登临舒老眼，何用到崆峒”，意思是诗人登上弁山放眼远眺，心情舒畅，视野开阔，觉得无须再到遥远的崆峒山去寻求仙境了。这里既表达了诗人对这座山的喜爱和赞美，也体现了他的豁达和满足。

▲ 元 · 王蒙 《青卞隐居图》

▲ 弁山古道

从自然环境看，湖州是山水清丽的江南水乡，自古就是渔隐佳地，历来多隐逸高士。湖州苕霅溪山的自然景象及其体现的美学特征、文化意蕴更契合诗人所写的太湖边弁山的清幽意境。

弁山，位于太湖南岸。唐代诗人陆龟蒙诗中称："更感卞峰颜色好，晓云才散便当门。"宋晁补之有词云："水晶宫绕千家，卞山倒影双溪里。"清人彭孙贻诗赞："卞山处处皆白云，千峰万峰云不分。白云回合即山寺，僧在乱云堆里睡。"雨后黛青色的弁山顶云雾笼罩，居然带着几分飘然出尘的气息。南宋嘉泰《吴兴志》载："卞山峻极，非清秋爽月不见其顶。"主峰海拔高 521.5 米，形似蝙蝠。弁山北部属长兴县，南部属吴兴区。

弁山的名胜古迹颇多，其中著名的是关于项羽的遗闻。《史记 · 项羽本纪》

载:“项梁杀人,与籍避仇于吴中。”秦时的吴中,辖地甚广,包括今浙北湖州一带。项羽起兵江东时,弁山是驻兵之所。唐代颜真卿任湖州刺史,所作《石柱记》中就有项王庙的记载,其遗迹尚存。据旧志记载,项羽殁后,在湖、长一带被尊为“苍弁山神”“卞山王”。

弁山景点甚多,有金井、玉洞、乳窦、石膏温泉、项王走马埒、饮马池、系马石、沈家避洞、黄龙洞、碧岩、秀岩、龙岩等。弁山自古被佛家称为弘法利生之所,相传有“三岩六洞九寺十三院七十二座土地庙”,著名的寺院有法华寺、碧岩禅寺和龙华寺等。

据旧志记载,弁山山北多奇石。弁山奇石,即点缀园林的太湖石。宋徽宗时,在京都作土山,广收天下奇花异石移其中,以供享乐。湖州弁山的太湖石,以其皱、瘦、透、漏的独特造型,被作为“特供”选送朝廷。

弁山景色最佳处,是晴日登云峰顶。在云峰顶眺望三万六千顷太湖,雄浑苍茫,长风浩荡,风帆远山,如在膝前;东西七十二港,迤逦远去,隐约可见。北宋苏轼有诗称:“具区吞灭三州界,浩浩荡荡纳千派……今朝偶上法华岭,纵观如觉人寰隘。”

《长兴县志》记载,弁山有三岩,即秀岩、云岩、碧岩,而碧岩最胜。因岩石叠垒于山腰,望之若苔藓绣错,故称碧岩。登上碧岩,可见珠帘水、瀑布泉、龙头等景观。珠帘水,来自十多米高的石壁,从岩崖间渗出滴滴银泉,飞洒而下,溅落在石径上,发出噼啪之声,经年不绝。站在酌泉亭遗址上,寒气逼人,始觉石壁上“寒泉”二字的深意。登至山上,还可以望见对面巨石上相传为苏轼所书的“清空世界”四字。瀑布泉,集珠帘之水,汇流于石径,形成一股清流,即瀑布泉的源头。泉水顺谷口倾泻而下,直达幽谷,倏忽消失在万竿翠竹之中。龙头,是碧岩景区的最高处,视野开阔。站在龙头上,太湖风光尽收眼底,但见碧波万顷,渔帆点点。碧岩风光恰如明代著名文人、刑部尚书顾应祥《游碧岩》诗的最后一句所云:“吾乡胜概无过此。”

碧岩禅寺位于碧岩风景区,面向太湖,背靠弁山,为弁山三岩六洞九寺十三院七十二座土地庙之首。始建于东晋,是名士谢安从建初寺向西域高僧帛尸梨蜜多罗请的首部《药师琉璃光经》供奉之所。由于历史原因，几毁几建，目前还留有禅师塔千丈崖、高僧月印禅师深深的膝盖印和拜经石遗址。历史上，苏轼、王蒙、叶梦得、赵孟頫、杨维桢、顾应祥等文人墨客都曾来此参访，留下不少诗词、游记。

▲ 碧岩禅寺

法华寺位于弁山东麓石斗山。南朝齐代比丘尼道迹在此结庐，日夜诵持《法华经》,共二十载,其间有白雀旋绕听经之瑞相。梁大同元年（535），道迹灵骨所藏之宝龛忽生青莲，梁武帝听闻后下诏敕建法华寺。开山祖师为大光禅师。唐肃宗时法华寺已成江南名刹。目前，法华寺以山门殿、天王殿、大雄宝殿、妙法楼、真身殿、观音塔为中轴线，附以钟鼓楼、斋堂、寮房等建筑，是远近闻名的观音道场。

▲ 法华寺

# 钱山漾

## 钱山漾作

◎清·魏耕

曾言出郭游，泛泛钱山漾。
千峰濯翠屏，却疑洞湖上。
菱叶浮新鲜，鹭鸶时飘扬。
晚炊起竹烟，渔艇闻芦唱。
我怀无怀前，为心澹已忘。
堪笑洗耳翁，临流犹豢养。

**旅游路线**

遗址展陈馆→潞村古村落（慎氏祠堂、古桥群）→农耕文化体验区

▲ 钱山漾遗址

钱山漾遗址为全国重点文物保护单位。钱山漾遗址在湖州城南 7 千米处。这一带是太湖流域的冲积平原，河流很多。四周有许多小山。钱山漾东西宽约 1 千米，南北长约 3 千米，是东苕溪的一段。东苕溪发源于天目山，经德清，北流至湖州定安门南与驿西桥处，汇西苕溪注入太湖。由于东、西两苕溪溪水汇合，往往使河水逆流，波浪冲刷，故遗址遭受破坏，数以千计的陶片、石器遍于滩野。钱山漾遗址出土了原始社会时代的残绢片和丝线，为我国迄今发现的年代最早的丝织品，残绢片采用平纹织法，其经密、纬密每厘米各有 40 根。

魏耕（1614—1663），原名璧，又名时珩，字楚白，慈溪（今属浙江）人。明亡后，改名耕，字野夫，号雪窦山人。明末清初抗清义士。魏耕生于慈溪一个破落世族之家。7 岁从其叔父学，“日诵数百言，覆背如流”，家人以颖异称之。14 岁时，母卒，随父至吴兴读书。明崇祯八年（1635），魏耕赴归安应童子试，得第一名，虽当地儒生以其外籍相阻，终因试卷“宏深朴茂，有古大家风”，受到考官赏识，得入归安庠。崇祯十二年

（1639），又“岁试冠军”，得到官给廪饩的待遇。当地富户凌义渠的侄子凌某闻其名，把女儿许配给他，从此，他便侨居在归安县。明亡后曾联络抗清志士，密谋恢复大业，最终因“通海案”而被害。工诗，古体学李白，奔放豪迈，近体学杜甫，苍凉悲壮，在明末清初诗坛独树一帜。著有《雪翁诗集》。

清初，抗清义士魏耕曾居住在湖州，也曾游钱山漾而作此诗。诗的前四句“曾言出郭游，泛泛钱山漾。千峰濯翠屏，却疑洞湖上”，意思是诗人曾计划出城游玩，泛舟于钱山漾。这里“泛泛”二字，形象地描绘了船只在水面上轻轻荡漾的情景。“濯翠屏”形容山峰在水中的倒影，如同翠绿的屏风被洗涤过一般清新。“却疑洞湖上”则表达了诗人对这种美景的疑惑，仿佛置身于洞庭湖之上，美景令人陶醉，忘却了身处何地。中间

▼ 潞村稻田

四句“菱叶浮新鲜，鹭鸶时飘扬。晚炊起竹烟，渔艇闻芦唱”进一步描绘了水面的景色。新鲜的菱叶漂浮在水面上，鹭鸶时而在空中飞翔，时而从水面掠过，充满了生机与活力。钱山漾旁边人家的炊烟从竹林间升起，渔舟在芦苇丛中穿行，伴随着渔人的歌声。通过“竹烟”和“芦唱”两个细节，将田园生活的宁静与和谐展现得淋漓尽致。最后四句“我怀无怀前，为心澹已忘。堪笑洗耳翁，临流犹豢养”，诗人抒发自己的情怀，表达了一种超脱世俗、心境淡泊的生活态度。到了钱山漾，诗人的内心不再纠结，忘却了之前的烦恼，心中恬静而安定。“无怀”指一种无欲无求、心境空明的状态。“我怀无怀前”是诗人在追求一种忘却世俗纷扰、回归本真的心境。“为心澹已忘”则进一步强调了这种心境的淡泊与超然，心中的杂念与欲望都已淡忘。“洗耳翁”用古代许由之典。皇甫谧《高士传》写尧曾想让天下给许由，许由不接受，认为这些话污了他的耳朵，就去水边洗耳，并逃往箕山，农耕而食。此典赞美古人不贪慕名利。诗人写自己也慕许由的高义，可是仍有羁绊。“豢养”指被约束于一方天地，这里可以理解为被世俗所牵绊。

整首诗传达了诗人超脱世俗、追求淡泊的心境，同时也对那种看似超脱但实际上仍受世俗影响的行为做了说明。诗人认为真正的超脱不仅仅是形式上的拒绝与逃避，更重要的是内心的纯净与自由。

钱山漾遗址位于湖州城南潞村，是长江流域新石器时代良渚文化的重要遗存。1934 年，由当地考古前辈慎微之发现。1956 年、1958 年，浙江省文物管理委员会、浙江省博物馆两次进行发掘，累计发掘遗址 731.5 平方米，确认文化堆积层分上下两段：下层出土的碳化稻谷、丝麻织物残片、竹器等文物，实证了 4700 余年前江南地区的农耕文明高度；上层青铜时代遗存则有原始瓷与印纹陶共存现象，为研究文明过渡提供珍贵资料。

钱山漾遗址是目前出土有机质文物最丰富的文化遗址之一。作为我国和世界迄今发现的年代最早的家蚕丝织物，遗址出土丝织物的平纹结构、密度说明新石器时期人类的纺织技术已达到了很高的水平。至此，钱山漾文化遗址成为中华民族为人类文明做出重大贡献的实物见证。遗址中出土的残绢片和丝织品以实例证明了中国是世界丝绸文化的发祥地。经专家评审，中国湖州钱山漾文化遗址被正式命名为“世界丝绸之源”。

遗址核心保护区现建有现代化展陈场馆，游客可近距离观察经碳 14 检测确认为公元前 2700 年前后的家蚕丝织物。展厅内复原了新石器时代的纺轮、综版织机等工具，配合蚕桑丝织技艺非遗传承人现场演示，直观展现从蚕茧到丝绸的全过程。

遗址景区内配套设施完善，目前形成三大游览板块：潞村古村落、农耕文化体验区和红色文化教育基地。

潞村古村落内现存百余栋明清至民国建筑，重点保护慎氏祠堂、古桥群等历史遗存。慎氏家族自宋室南渡迁居于此，村内韩国慎氏祖源地纪念碑见证中韩文化交流历史。每逢农历四月，村民仍延续“祭蚕神”“踏青苗”等传统民俗。

▼ 潞村古村落

农耕文化体验区依托遗址周边万亩桑基鱼塘，再现“塘中养鱼，塘基种桑，桑叶喂蚕，蚕沙养鱼”的循环农业模式。游客可参与采桑喂蚕、缫丝制被等农事活动，体验“永安丝”传统制作技艺。

红色文化教育基地主要依托农民协会纪念馆，系统展示 20 世纪 20 年代湖州地区农民运动史迹，通过实物、场景复原呈现中共早期农村革命实践。馆内陈列了珍贵文献，与古村落建筑形成时空对话。

目前的钱山漾景区是国家AAA级景区，依托“世界丝绸之源”品牌，集历史遗存、蚕桑文化、农事节庆、乡村旅游于一体，向国内外游客展示着特有的古村落文化和历史文脉。

# 参考文献

[1] 王西野,沈伟东,王宗拭. 太湖旅游诗 [M]. 南京:江苏人民出版社,1993.

[2] 吴县市西山镇地方志办公室. 太湖西山名胜诗文选 [M]. 邹永明,选注. 苏州:苏州大学出版社,1997.

[3] 苏州太湖历史文化研究会,苏州茶文化研究会. 太湖文化 [M]. 苏州:古吴轩出版社,2014.

[4] 水利部太湖流域管理局,《太湖志》编纂委员会. 太湖志 [M]. 北京:中国水利水电出版社,2018.

[5] 苏州市吴中区金庭镇历史文化研究会. 太湖西山掌故 [M]. 苏州:苏州大学出版社,2022.

[6] 金友理. 太湖备考 [M]. 薛正兴,校点. 南京:江苏古籍出版社,1998.

[7] 无锡市太湖文化研究会. 太湖诗词 [M]. 南京:江苏人民出版社,2011.

# 后记



唐代诗人白居易于宝历元年（825）出任苏州刺史时，畅游太湖，作《宿湖中》诗：“水天向晚碧沉沉，树影霞光重叠深。浸月冷波千顷练，苞霜新橘万株金。幸无案牍何妨醉，纵有笙歌不废吟。十只画船何处宿，洞庭山脚太湖心。”诗人在远离案牍公务时，不禁沉醉在太湖的湖光山色之中。诗中描绘了太湖优美多姿的山光水色。诗的前四句写景，向晚时分，水天一色，呈现出幽深的碧色，树影和霞光相互交替重叠，深浅斑驳，给人一种宁静而又绚烂的感觉。月光洒在清冷的湖波之上，千顷湖水如同白色的绸缎；岸边万株橘树上的橘子在经霜之后，色泽金黄。后四句抒怀，诗人说幸好没有官府的文书需要处理，不妨尽情沉醉在这美景之中；即使有笙歌相伴，也不会停止吟诗。湖中的十只画舫夜晚停宿在何处？就停靠在洞庭山脚下的湖中心。点明了诗题中的“宿湖中”，展现出一种随性、闲适的意境。

太湖之旅，必定是一场视觉与心灵的盛宴。当我们今天站在太湖之滨，看到那无边无际的湖水、郁郁葱葱的树木、色彩斑斓的小岛，就会联想到古代文人描写太湖山水的诗句，太湖风景瞬间就会将您带入一种充满诗意的氛围之中。这不仅是一种联想，更是太湖山水与古人智慧的完美结合。

太湖之美，不仅在于她山水画卷般的自然景观，还在于她丰富的人文内涵。诗在我们每个人的太湖之旅中扮演了至关重要的角色。每一处景色都像是一首无言的诗，而古代文人墨客的诗则像一把钥匙，打开了我们欣赏太湖之美的大门。

在太湖之畔，您会和白居易一样，被眼前的美景打动，从而不知不觉地吟诵古人的诗词。这些古诗既是对太湖景色的描绘，也是我们内心感受的抒发。这些诗是我们与太湖之间独特的对话。我们希望通过这些诗，让更多的人感受到太湖的魅力。

让我们带上这些古诗，踏上太湖之旅，感受太湖之美，陶醉在太湖的山水之间。带上它们，我们能够发现更多的美好，无论是新的景点，还是新的文化体验，既有对大自然鬼斧神工的敬畏，又有对自己能够站在如此奇妙景色面前的欣喜。太湖永远是我们心中那颗璀璨的明珠。

本书采用图文并茂的方式编排，方便大家对照阅读。苏州市职业大学朱剑刚老师为本书拍摄了大量精美的图片，苏州旅游与财经高等职业技术学校艺术系成冉光老师为本书提供了宜兴景点的部分图片，在此深表谢忱。本书在撰写过程中得到了各位专家学者和学校领导的大力支持，一并表示感谢！由于编写者水平有限，书中难免存在疏漏之处，敬请大方之家不吝指正！